元亨集

江肇中 著

新疆生产建设兵团出版社

图书在版编目（CIP）数据

元亨集/江肇中著.——五家渠：新疆生产建设兵团出版社，2023.2
ISBN 978-7-5574-2080-2

Ⅰ.①元… Ⅱ.①江… Ⅲ.①诗集—中国—当代 Ⅳ.①I227

中国国家版本馆 CIP 数据核字 (2023) 第 019575 号

责任编辑：王学得　　　责任校对：孟刘钰　　　设计制作：海东文化

元亨集
YUAN HENG JI

出版 / 新疆生产建设兵团出版社
印刷 / 济南精致印务有限公司
版次：2023 年 2 月第 1 版　　　印次：2023 年 2 月第 1 次印刷
开本：880 毫米 × 1230 毫米 1/32　　印张：8.5　　字数：215 千字

新疆生产建设兵团出版社
ISBN 978-7-5574-2080-2　定价：49.00 元
邮购地址　831300　新疆五家渠市迎宾路 619 号
电话：0994-5677116　0994-5677185
传真：0994-5677519

丹心碧血写春秋

吕鸿钧

诗言志、诗抒情。然而二者又是兼容的，往往融为一体。相比散文，诗更适合激情迸发，且不拘长短，更成为表达内心或快意、或抑郁、或愤懑、或欣喜的载体。江肇中先生早有散文集问世，今观其诗作，风格上具有一致性，大都展示其耿介直率、坦诚厚道的做人本色和性格特征。我感觉，这与他故乡的山川物华相干，抑或与他自身经历学养的组合有关。总之，诗如其人，于他是应对的。古人对诗的美学风格有鲜活的比喻："秋风骏马塞北，杏花春雨江南"，生于北方山野之士，与南方水湄之乡的人，得其天地之气自然迥异。历史上词人分为"豪放派""婉约派"，也有些地域关系，大体如此，不必细究。我感觉肇中兄有着一种北方山民倔强刚正的品格，这和他诗的风格相差无二、大致吻合。

《元亨集》中扛鼎之作，是他的《中华谣》。煌煌一万字，以五言形式一韵到底，构建了一部从盘古开天地直到中华人民共和国成立、华夏民族五千年的中华史，其工程量之巨，可想而知！其中朝代更迭、战乱纷争、兴衰因果、帝王将相、良臣奸佞、风云人物、文化科工、故事传说，不一而足。该诗上下贯通、博采约取、叙事评论、顺畅合体，批阅数月，终成大稿。我深为赞赏他的这种"韧性"。写到发狠"一字不改"时，斟酌再三，夜不能寐，复而又改，以使其更加真善完备。据他自己说，前后修改充实百多遍次不止。我想，他写这部《中华谣》的初衷，在于以朗朗上口的形式，对于广大读者，尤其是对青少年的历史教育，提供一个通俗又有趣味的读本。这使我想起了古代童蒙课本"三千千"，即《三字经》《千字文》《千家诗》等，在识字的同时又兼学了人生中必备的知识，这也是传统教育的高明之处。之所以为诗体，是适合诵读，由诵读而至背诵，深嵌脑海，终生受用。单就其做了人生中想做的一件有意义的事而言，他就是大功德一件。当完成时，就放下了一件心事，心无挂碍了。

　　作者将古体诗与现代诗混编。古体诗，至隋唐发展，已为成熟的"格律诗"，至臻至善，太过完美了。宋代大文豪苏轼说："诗止于杜工部"，在宋代就已知，律诗，不大可能超越杜甫了。宋词的登峰造极，是诗歌创作，尤其是诗体上另辟蹊径的必然。现代人写古体诗，完全是强大的惯性所致。古代诗词，是弥足珍贵的文化遗产，足以光照万代。人们由喜欢而诵读，由诵读而上手，顺理成章。但要做到完全合律，对于写诗的大众，已经很难。我也见过完全和韵和律的"律诗"，大多难脱古人"窠臼"。对仗工稳，却没有新意，这里"秘密"在于，中国汉语原多为单音节词，古人已经"穷尽其能"，当代人再用之，就是一个"俗面孔"。而近代特别是当代以来的大量多音节词，入诗难应其制。律诗是其时代语言文学发展的产物。那么，当代人如应付裕如，释放自己的情感，就差不多走大致押韵、又有韵律感的"古体"一路。回到肇中兄的古体诗，也就大抵如此了。但他能缘情而发，以情感人，诗则清新刚健，直抒胸臆，已为"古体诗"在当今语境下，有了自己的表达和实践，由他而去，也是一路。

于自由诗，他基本上是随心达意，以畅快为主。但他抓取形象，注以厚重的情愫，如《老屋》："一艘多年未曾修缮的大船／就停在我曾经挡风遮雨的港湾／漆剥落 钉锈蚀 已无帆／她 就稳稳地停在那／等我脚步……父母的老屋／盛满了困顿岁月／盛满了家丁兴旺／溢出了祖辈的故事／溢出了我辈的牙牙学语／抑或朗朗书声……"诗中寄托了对父辈艰辛生活的追念，对父母养育之恩的感激，也有童年少年成长的痛与快乐。他在追忆中展现的，是民族的孝心补偿，是由老屋引发的人间沧桑，这是老一代人"共通"的情感和那一代人共有的集体意识。他的其他诗，也有相似之处。总之，再回首，已是万水千山，甚至贫困、简陋，都成为一种苦涩的甜。我从他的诗中读出了他不忘来时的路，对故土、亲情深沉的爱。这于他，成为了人生的底色，也成了他为文作诗的本色。

肇中兄将诗分为"春""夏""秋""冬"四辑，想必是以四季轮回，寓意对生命和时光之珍贵、之迅忽、之美丽、之无奈伤感而又充实无悔。他有季节之敏感，多情善感，"不以物喜，不以己悲"，太圣贤化了。悲喜乃人之常情，做性情之人，才有一份真率可爱，才可以不戴"面具"，活得轻松。诗要见心，要有温度，可以是"娓娓而谈"，也可以是"击筑悲歌"，抒情要尽兴尽意，淋漓痛快。他诗中既有朋友间的互相唱和，也有家庭的天伦之乐，还有社会乱象之抨击，底层众生艰辛之喟叹，公平正义之呼声，题材多样。恰如一幅古联所言："风声雨声读书声声声入耳，家事国事天下事事事关心。"他用笔记录了这个时代，记录了这个时代内心的回声，就是有价值的。

一点思考。好诗还是要达到内容与形式、思想与艺术的高度统一。读者认同最好，只自己认同也未尝不可。这不涉及法律、道德、伦理，无对错之分，但有高下之别。对艺术的追求是无止境的，文学是语言的艺术，诗更是语言艺术中的"明珠"。古人讲："语不惊人死不休""吟安一个字，捻断数茎须"。诗创作，源自情感宣泄，结于字稳句工。闻一多先生对新诗提出了自己的观点，即诗要有"色彩美、音乐美、建筑美"。色彩美不用说，大千世界绚丽多彩，理应入诗；音乐美是指节奏和旋律，如同好的乐曲；建筑美，指诗的形态，分节分行，参差错落，有视觉之美。闻先生是唯美主义者，此说供参考。诗更本质的是思想之美、意蕴之美、境界之美，不赘述。诗贵在"创"，何为"创"，如何"创"，乃心血所致，功力所致，我们都在学习的路上。看到肇中兄意气风发，不输青壮，很是欣慰。正如刘禹锡《秋辞》所言："自古逢秋悲寂寥，我言秋日胜春朝。晴空一鹤排云上，便引诗情到碧霄。"年龄不是事，心龄最重要，永葆童心，即是永葆青春。

　　法国大文豪罗曼·罗兰说："世界上只有一种真正的英雄主义，那就是认清生活真相后依然热爱生活。"生活在一个"百年未有之大变局"的大时代，有幸目睹我之华夏沧桑巨变，国泰民安，是大幸运、大欣慰，我辈理应为之踏歌而行。

吕鸿钧
二〇二〇年十一月十九日写于逸云山房

　　（吕鸿钧，山东理工大学研究员、著名诗人、文化学者、文艺评论家。）

鸿篇史述《中华谣》

江日亨

山东省淄博市散文学会副会长、沂源县作协副主席江肇中（笔名：无非）宗亲鸿篇巨制述史诗歌创意新作《中华谣》面世，特致衷心祝贺！

《中华谣》是一篇歌谣体阐述中华民族从古到今的人文历史长文，内涵丰富。全篇分为14部分，每部分句数不等；五言一句，总共500行，2000句，10000字（不含标点符号），实打实的"万言谣"。纵观此文，有如下几点感想：

（一）以歌谣体裁长篇披述中华五千年文明史，是一创意之作，前所未见。过去虽然亦有诗词讴歌历史事件，但多是对某一单独事项，少有如此大型全面详尽综合的诗词，尤其新颖，是思想内涵与艺术外表的完美结合。体现了作者匠心独运，自成蹊径。

（二）展现泱泱中华五千年继往开来、承前启后、朝代更迭的总体历史线索。上自三皇五帝、唐虞夏商周，然后秦汉三国、魏晋南北朝、隋唐五代、宋元明清，以至民国，脉络清晰。它们之间的盛衰兴替，不是平铺直叙的简单继接，而是夹叙夹议，综合论述，因果分析；评价帝王将相，点赞历史人物，起着导读的作用，让人们对一些史事有更好的理解。至于中华人民共和国，如日中天，行进在长征路上，作者只是作个开头，说这一任务"自有后来者，再把新史彰。"

（三）涵盖知识量大，这是最值得赞扬的。诗歌不仅仅是纵向叙述朝代的更替，更是横向联系中华文化的各个领域。包括政治、经济、军事、外交、民族、文化（科技发明，医数农牧；诸子百家，诗词曲戏；科举学校，文字考古），涉及三教九流、五行八卦，天文地理、山岳河海。真个是包涵万有的知识大全。而且加以点评，适当导引；做到详略各异，任意取舍。可见作者渊博多才，学识全面，驾驭得宜，收放自如。

（四）《中华谣》也是五言古体诗，逢双句押韵。押的是同一部韵，即平声江阳，上声讲养，去声绛漾韵。而且是一部到底，中间或后面不换韵，足见作者国学功底之深厚，词汇之丰富，在这多方面的阐述中，都能找到适合的韵字表达出来。虽然其中有些韵字重复出现，但因句数太多，重复字是不可避免的。

（五）《中华谣》的成文，作者初衷本意是弘扬国粹，传递正能量，让人们对五千年的中华文明有一个全面的理解，加强爱国主义教育。而作为读者，有幸通过此文，把分散在各个领域的多种多样的知识，汇聚浓缩于一篇歌谣里，几乎一览无遗，全面了解，增长见识，得益匪浅。加上一韵到底，读来朗朗上口，易于记忆。

总之，《中华谣》使我们泅游于神州历史长河，航行于文化知识海洋。可以知悉各个朝代的兴衰更替；感叹炎黄族裔的发展悠久；自豪中华文明的光辉灿烂；领略禹域山河的巍峨壮阔；欣赏骚赋诗词的韵律优美。热爱祖国的思想感情，倍加浓烈。

当然不敢说此文已经尽善尽美，精品佳作，无可挑剔，毕竟仁者见仁，智者见智，仍有商榷之处。但可以说已经尽心尽力，殚精竭虑，可圈可点。作者也说是"吟罢些皮毛，诸君试共享"。
在此，特赋七律一首以贺：

> 中华史事赋新谣，捭阖纵横述历朝。
> 文治武功多概括，艺能科技有彰昭。
> 诗词发展讴唐宋，人物褒扬赞舜尧。
> 匠心独运成巨制，雄才大略显高超。

江日亨

2021年1月9日

（江日亨，广东廉江籍，历史学家，全国先进工作者、全国优秀教师、中学特级教师、南粤特优教师。获中共中央、国务院、中央军委颁发的"庆祝中华人民共和国成立70周年纪念章"。）

诗具史笔　史蕴诗心

李汉举

"诗"长于抒情,"史"长于叙事,但在中国文学传统认知中,二者各司其职,又不离不弃,互通互补——诗可为史,以诗述史,这在中国有深厚的传统。杜甫的诗被誉为"诗史",司马迁的《史记》被誉为"史家之绝唱,无韵之离骚",就是文史融合的典型。钱钟书《谈艺录》中论及诗与史的联系时说:"流风结习,于诗则概信为征献之实录,于史则不识有梢空之巧词,只知诗具史笔,不解史蕴诗心。""诗具史笔"是说文学艺术作品对历史的展现,"史蕴诗心"是说历史展现中的主体性。

《中华谣》整整一万字,五言古体,在文本内容上,从盘古开天地、三皇五帝、夏商周、春秋战国、秦汉魏晋、隋唐五代、宋元明清,一直到新中国成立,描绘了中华民族源远流长的宏大历史画卷。在诗中,作者因题生染,博古通今,诸如朝代鼎革、战争动乱、帝王将相、技艺百工、文学艺术、故事传说……无不显示了内容的博大精深,具有百科全书的形式与性质,可以从中管窥出诗人丰富的古典知识储备。诗人生花妙笔、激扬文字,而又沉郁顿挫、曲折跌宕,畅抒襟怀,自成节奏,立足当今中华盛世,饱含爱国情怀,真挚性情贯气全诗,因此呈现出"诗具史笔""史蕴诗心"的特质,蕴含着思想、情感、知识的力量。

在诗人笔下，历史事件、人物、文化等诸多方面，叙述得清晰而详细，历史的面目以一种较为严谨的、不添油加醋的方式呈现出来，并且不是仅仅局限于忠实记录大量的历史事件和各色各样的历史人物，更重要的是，在叙事中鲜明地表达了诗人对那些事件和人物的态度，寓褒贬善恶于叙事之中。在"实录"的基础上，在叙事中蕴藏着自己鲜明的褒贬和爱憎，这就是诗人的"史笔"与"诗心"。

《中华谣》浓缩了诗人对家国的无限热爱和眷顾。只有具有这种"诗心"，才能阅读古今，拥抱历史。《中华谣》是一个富有历史责任感的诗人发出的心声，其实质是绵延千年而不绝于缕的"士"的精神。在漫长的历史发展中，"士"的传统价值观已经成为知识阶层的集体无意识，将对国家、社会的使命感化作知识分子的责任和担当。当代知识分子所体现的"以道自任"的价值取向与古代的"士"如出一辙，可以说他们是当代的"士"：具有忧国忧民的意识，有着对真正知识分子操守的追求。在这个意义上，万言《中华谣》不是对历史记忆的恢复，而是诗人的精神选择。

李汉举

2021 年 1 月 26 日

（李汉举，山东师范大学汉语言文学博士、《蒲松龄研究》编辑。）

目 录

1　　中华谣

春　章

25　　春（古风三颗）
27　　春之歌（三题）
33　　刺槐（二首）
35　　八十岗寻春
37　　节后农民工离家潮
38　　古风　溯宗怀远
40　　年节三首及其他
43　　春日晨诗
44　　借无非先生诗韵步和七律
45　　贺张绵坤生日
46　　雨　水
47　　写给张兴涛王海琴的诗
48　　见朋友家硕大白牡丹（外二首）

49	庆祝中国海军建军七十周年
51	清明祭（外一首）
52	送耿国海老师赴威海
54	族人聚（外一首）
56	赠杨文航并唱和
59	中国散文诗年选沂源的前世今生（外一章）
62	咏茶（外一首）
63	赠王功忠老师
64	赞连翘（外一首）
65	七律·荆山春夜
65	洛阳赏牡丹归来
66	春夜雷雨
66	致江岚
67	仲春夜雨
67	赏菏泽牡丹
68	元　亨

夏　章

71	夏（古风）
72	今日喜雨二首（外一首）
74	登山小语（二首）
75	悼陈忠实先生（外一首）
76	端午诗章

84	感母亲节（二首）
86	见雄鹰猎羊（外一首）
87	交友（三首）
89	五绝·酒色财气（五首）
91	吊"七七抗战"烈士（外一首）
92	品日照红（外一首）
93	面对毛主席铜雕像，景仰毛主席功绩
94	题《作家眼中的黄河口》一书（外一首）
96	田野之歌（二首）
101	夏日晨诗
103	石拱桥
103	笑　荷
104	养儿女（四首）
105	遥祭刘玉堂先生
106	乙亥高温数题（三首）
107	赠李永春（外一首）
108	自然自融合（三首）
112	游青州故城
113	七言·读道德经（五首）
116	咏物数题（十一首）
120	读《平凡的世界》
121	赞孙立斌先生
123	赠周守太老师
124	赠王文君

125	鲁山雨后
126	谢春满人间为《中华谣》赋诗
127	黎　明
127	马齿苋
128	复杨山承兄

秋　章

131	秋（古风二题）
132	立秋后（外一首）
133	贺仲秋（外一首）
134	关于诗词（与文友聊诗）
135	和春风先生悼战友诗（外一首）
136	箭扣长城诗三章
139	感香姐作诗
140	七绝·近中秋有感（五首）
142	癸巳仲秋望月
144	贺《候鸟人文学》闪亮登场
145	立秋（三首）
146	甲午仲秋赏月月隐杂感（三首）
148	九九重阳节
150	五言·龙凤
155	落叶（二首）
156	秋象（三则）

158	山中感悟（外一首）
159	生日诗（二则）
161	盛世中秋（二则）
162	无题（二则）
163	咏秋（五章）
165	闲看秋叶（外一首）
166	由 2019 年九号台风利奇马所想到的
167	又到仲秋赏月时（外一首）
168	秋
169	重阳节寄怀
170	园中悟语（四首）
172	完成《中华谣》后
173	贺淄博龙之媒文化传播有限公司《龙之媒》创刊二十周年
174	快乐重阳（外一首）

冬　章

177	七律·冬（二首）
178	大雪与岩松（外一首）
179	参观红旗渠（七绝六首）
181	七言·感原林县人民战山斗水创造人间奇迹
183	关于境界——与数友谈境界
186	沂蒙人家

189	贺女儿生日（二首）
191	贺淄博市散文学会成立
191	贺淄博市散文学会成立两周年
192	老　屋
195	立冬（两则）
196	小寒日关注嫦娥四号月背探测情况（外一首）
197	立　冬
198	落叶诗
199	题明代名画（二首）
200	小雪（外一首）
201	七律·年后与蔡同德兄切磋诗艺
201	读无非诗步原韵奉和
202	族朋亲友聚有感（外一首）
203	顺口溜·沂源西里镇村名
206	银杏吟（三首）
208	顺口溜·山东好人赞
209	沂源赞
210	咏梅（二首）
211	为江南公园冰雪茶花题照
211	复宗亲江信沐
212	赞张宝祥先生诗并序——写于观看张宝祥现代吕剧《义重情深》演出之后

附 录

217	看了江肇中《中华谣》后
218	读江兄肇中诗词有感
219	七律·读江肇中诗集有感
220	贺：江肇中老师诗歌成书
221	七律·大山先生诗歌读后感（新韵）
222	七绝·贺肇中兄大作付梓（新韵二首）
223	赞诗坛江肇中老师
224	人品铸文品——从《中华谣》和作者说起
224	读大山诗有感
225	读江肇中先生诗集有感
225	为肇中兄诗集付梓题
226	贺《元亨集》出版
227	五律·欣阅《中华谣》有感
228	敢为苍生说人话
233	七绝·赞中华谣（新韵）

234	后　记

中华谣

一

何以镶日月　何以布星光　何以汇山河　何以作灵长
盘古开天地　混沌渐阔朗　万物自肇始　天道涉八荒
江河行大地　日月经天长　华夏五千载　人文续永昌
唐古拉山脉　孕育大河江　河网自归流　一泻万里长
喜马拉雅山　西南大屏障　珠穆朗玛峰　世冠宝珠镶
华夏矗五岳　东西南北央　泰华衡恒嵩　雄姿各显彰
人类演化缓　启智在东方　云南元谋人　最早现洪荒
北京周口店　猿人结群邦　中原燧人氏　史籍尊燧皇
钻木取火始　进化功无量　鲁中沂源县　猿人现山荒
化石现世晚　遗迹很明朗　专家古人考　北京人相当
黄河中下游　古人繁衍昌　续接无断代　最是沂源乡
三皇启鸿蒙　五帝掌东方　巍峨排峰峦　浩荡汇大洋
五谷养生命　六畜助兴旺　匡正精气神　融通布阴阳
天龙作图腾　相携神凤凰　瑞气广吐纳　威武林中藏
伏羲画八卦　神农百草尝　轩辕布教化　尧舜行禅让
仓颉造文字　鲧禹治水忙　帝德诚敦厚　五行哲理彰
宝典山海经　书者难确详　容涵丰且广　研者多迷惘
定论地理学　历史科技章　民俗与宗教　文学思维畅
神话传奇异　唏嘘列几章　夸父勇逐日　精卫填海洋
女娲力补天　后羿射九阳　太史公亦曰　吾不敢言详

禹王重伯益　夏启急惶惶　终结禅让制　世袭开皇堂
暴桀亡社稷　身败逃仓皇　商汤代夏立　国运蒸日上
顺应周期律　物极便反常　传至三十代　便出昏庸王
暴纣宠妲己　残害国栋梁　荒淫便无道　国祚兴文王
文王施仁政　乾坤顺逆详　克明德慎罚　紫气漫周邦
姬昌求才渴　访贤渭水旁　王侯谦和礼　飞熊理朝堂
武王聚众力　一举灭商汤　周朝八百载　首功赖姜尚
姬周得天下　能臣力佐匡　周祚能历久　子牙功无量
太公封齐侯　立国稳东方　法治加随俗　齐国得繁昌
大器晚成者　首推吕公望　宰牛做生意　研学未抛荒
过了耄耋龄　精彩始开张　渭水直钩钓　钓来贤君王
史称神武祖　天齐至尊享　民间妇孺知　广传封神榜
成王至幽王　国势渐衰伤　更缺栋梁才　气数如残阳
美色至毒药　褒姒魅幽王　烽火戏诸侯　一笑西周亡
慨叹大姬周　代商何悲壮　正朔兴华夏　颓势起萧墙

二

病已入膏肓　易地求复壮　国体既侵蚀　难以疗内伤
平王迁洛邑　东周虚名望　诸侯搏乱世　旗帜乱纷扬
玄秘甲骨文　现身在安阳　盘庚迁王都　殷墟地下藏
文化在传承　文字始于商　所幸诸君子　探古心志刚
清末王懿荣　慧眼识宝藏　刘鹗罗振玉　不朽功名扬
东周虽年久　衰微如遭霜　礼崩乐必坏　侯国各逞强
春秋兴五霸　各自造国殇　战国又七雄　刀兵助扩张

桓公张慧目　管仲力助襄　叔牙大胸襟　管鲍情无疆
夫差败勾践　西施媚吴王　卧薪尝胆后　胜负大翻场
楚国忠贞士　屈原堪首当　呕心为社稷　不谙楚怀王
放逐赋离骚　天问并九章　可叹空悲切　殉国汨罗江
兵圣数孙武　广饶是故乡　孙子兵法典　兵家之至上
三十六计奇　中华瑰宝藏　计计凝智慧　绵细宏大场
罗列八九计　一斑窥全章　金蝉脱壳计　顺手可牵羊
借刀能杀人　擒贼先擒王　欲擒还故纵　换柱再偷梁
巧施美人计　笑里将刀藏　调虎离山妙　无奈走为上
经典非一人　莫非天书降　综合众精英　集思结目纲
孔老孙三子　春秋并列享　思想与理论　后世广昭彰
奇才吕不韦　本为一富商　赵国见质子　双目放绿光
奇货可居典　谋略赌君王　珠宝不烂舌　说服美华阳
异人作太子　后为庄襄王　襄王真奇货　吕氏谋所偿
赵姬生嬴政　继位作秦王　秦王年尚幼　仲父复鸳鸯
又惧淫祸起　进献一淫王　此货名嫪毐　专司赵姬房
待到东窗发　嫪毐灭族殃　吕家迁蜀地　不韦饮鸩亡
回首看不韦　谋略高智商　仅凭一商贾　封侯又拜相
吕氏春秋籍　即为其主张　缕析其嫡祖　鼎鼎太公望
左传有文载　郑伯克段详　母弟共联手　使段做鲁王
鲁王不及做　事败段命伤　郑伯怨恨甚　迁母发誓彰
不及黄泉处　誓不见亲娘　倏然生悔意　掘地复见娘
田文孟尝君　大才大肚量　好客广交友　遇难宾客帮
曾经事秦国　秦王复无常　逃跑城门锁　鸡叫友帮忙
乱世智星出　儒学亟昭彰　颠沛游说苦　跋涉品炎凉

至圣研学路　荆棘坎坷傍　学子七十二　堪为人中凰
治国重策略　仁爱应首当　言行有中庸　绳墨规矩坊
穷兵黩武久　必将国体伤　理政重教化　治吏用猛方
鲁国设杏坛　教习惠四方　有教而无类　贵贱但无妨
潜心研六艺　倦怠厌未尝　学而不思怠　思而不学罔
仁义礼智信　教化融五常　言行循规矩　官民融洽倡
君父夫为纲　本意好伦常　断章曲解后　无疑正统伤
四书五经典　传颂深且广　孔孟大儒学　如日放光芒
曲阜孔子家　初始堪荒凉　宋封衍圣公　逐代尊崇上
皇朝尊儒术　三孔便明堂　改朝换代异　奉祀缩钱粮
儒教广传承　历代未歇凉　孟颜曾董朱　后世排序长
老子名李耳　圣地争短长　一争在鹿邑　一争在涡阳
老子道德经　典籍真辉煌　人生大智慧　巨细文中藏
道德经非教　哲理大益彰　玄之又玄者　辨析践行畅
老子非神仙　唯物展蔓秧　天人合一说　顺势天道匡
后世衍生教　神道玄秘张　健身又开悟　核心和阴阳
世上万物宗　易经奥秘藏　由此生八卦　警示众迷惘
天行健所指　君子贵自强　地势坤所涵　厚德载物享
无极生太极　两仪生四象　朴素哲理显　万端和阴阳
万物始作无　老子著鸿章　劝君无为治　生灵得息壤
世乱忠臣现　道废仁义彰　天法在自然　盛衰有伦常
百家争鸣事　学术广弘扬　诸子皆鸿儒　避短以扬长
蜀地都江堰　枢纽功能强　疏导巧设计　灌溉消灾殃
古代治水范　世界堪冠王　李冰父子俩　铸身得庙享
先秦虽世乱　大开学术窗　百家论朝野　宏论登雅堂

文王演周易　孔子春秋章　司马著史记　皆处困厄乡
老子道德经　阴阳和合昌　孙子演兵法　法明柔易刚
春秋韩非子　强化法为纲　言行轻周礼　依法治国彰
墨家较柔和　非攻兼爱尚　葬用崇节俭　浪费不提倡
谋圣鬼谷子　纵横捭阖王　静修加揣摩　崇道精阴阳
秦国欲谋强　请出一卫鞅　变法先立信　凭却一木桩
诸侯聚合散　合纵连横降　张仪又苏秦　运筹助扩张
赵国得宝玉　秦王乐玩赏　相如肯搏命　完璧归赵王
廉颇蔺相如　君王两臂膀　负荆请罪后　无人敢犯疆
强秦欲称霸　吞并大扩张　时有猛士出　荆轲刺秦王
悲壮易水歌　秦王无虞伤　仰天成白虹　壮士烈名扬
嬴秦扫六国　四海拓边疆　天下归一统　伟哉秦始皇

三

史论秦皇功　乱世得收场　功过百姓言　四统意远长
一统扫六合　尸骨堆山冈　秦将曰白起　嗜杀大魔王
赵军四十万　坑杀无商量　历史双刃剑　无由褒贬扬
中央高集权　土地公私量　行政郡县制　三公九卿堂
御外谋久远　长城固金汤　雄伟一万里　亘古世无双
泰山封禅事　急欲功德彰　岂知众儒士　非议论短长
焚书坑儒事　真伪需商量　寿欲长不老　其情甚荒唐
皇陵阿房宫　生死乐极享　军民不聊生　暴戾器尘上
始皇沙丘死　赵高阴谋藏　李斯作帮凶　胡亥坐龙床
赵宦专横甚　指鹿为马羊　作孽难长久　当为天意戕

反旗大泽乡
未必其专享
自有天助襄
杀气帷幔藏
帝业得顺畅
颍川张子房
大汉即开张
猛士力保疆
太子去虞惶
迫匈丢刀枪
安抚挑大梁
遭禁去牧羊
残害如意娘
无辜将命伤
立马灭门偿
忍辱溯史长
千古一绝唱
独尊儒术强
历史影响长
汉赋亦堂堂
辨证施疗方
理应大弘扬
气势益嚣张
除宦敢勇当
群雄皆恐慌

天下苦秦久
王侯将相种
沛公雄才略
项庄仗剑舞
更有萧何助
更有大谋士
四面楚歌后
汉祚四百载
商山四皓助
卫青霍去病
和亲王昭君
苏武安匈奴
吕雉狠毒辣
韩信亦可悲
待到恶满盈
司马太史公
纷呈三千载
力倡罢百家
武帝乐采纳
发明地动仪
伤寒杂病论
中医乃国宝
枭雄袁本初
袁绍结同党
董卓逆势起

国运难久长
陈胜与吴广
项羽兵马壮
其意在刘邦
激起汉中王
汉王添臂膀
兵士思故乡
威风天下扬
皇储智且强
景帝安无恙
神武威名扬
开通丝路忙
事极易传扬
惊惧汉朝堂
吕氏为虎狼
帝业创辉煌
记述事理详
崇儒荐贤良
大一统堂堂
科学研究强
巨著得昭彰
医圣应首当
争霸动刀枪
汉室如残阳
共将汉室匡

二世逆天命
首义反暴秦
楚汉相争始
霸王鸿门宴
反火燎原势
萧何荐韩信
易水寒彻骨
豪放大风歌
帝业恒欲久
平叛周亚夫
李广飞将军
使者张骞公
历代善恶事
美人成人彘
毒妇掌朝政
武帝中兴主
身残血和泪
大儒董仲舒
天人感应说
科圣张衡公
医圣张仲景
中医有灵魂
汉末荒乱世
宦灾漫朝廷
也曾结曹操

汉贼不长久　董卓一命丧　曹操挟献帝　袁发讨伐章
此时两枭雄　正统各标榜　官渡之战后　袁氏渐衰亡
才女蔡文姬　命运太凄惶　匈奴强掳去　嫁与左贤王
虽育两儿女　难抵黯然伤　胡笳十八拍　思汉情惶惶
重金赎蔡氏　曹操统北方　文姬归汉事　后人广传扬

四

三国魏蜀吴　争霸才开场　智慧加实力　胜负进退忙
曹氏挟天子　孙家霸长江　中山靖王后　光复大旗扬
东吴重周瑜　蜀赖诸葛亮　魏家有司马　谋略皆超强
争战六十载　天下尽凄惶　正反顺逆事　故事一大筐
桃园三结义　赤壁大战场　煮酒论英雄　皇叔娶娇娘
王允诛董卓　诸葛骂王朗　三顾茅庐情　孔明气周郎
吕布戏貂蝉　操俘关云长　木牛流马玄　空城大文章
杨修休鸡肋　华佗死冤枉　望梅便止渴　曹操献刀惶
诸葛隆中对　运筹在南阳　还有诫子书　为父当欣赏
前后出师表　忠诚史昭彰　蜀国五虎将　关张赵马黄
孟德龟虽寿　人生励志强　草船巧借箭　都督好大方
七擒七纵事　心服自得降　关公捉放曹　犯罪还表扬
煮豆燃豆萁　何忍手足伤　爷俩抢周后　爹慢空瞎忙
三国既鼎立　各国拥各皇　纷争貌停歇　厉兵秣马防
罗公善演义　大势难久长　分久必聚合　合久又散场
司马昭之心　魏君惊悚惶　三国归一统　西晋铸玺忙
武帝善怀柔　奠基国运长　族亲加优裕　往朝亦不伤

刘禅不思蜀　魏吴有所享　胸襟宽而广　威智安朝堂
寒去春风起　究竟暑气藏　豁达勤勉主　蜕化淫逸王
夜夜羊拉车　妃嫔寄情羊　臣子竞奢靡　妇乳作猪粮
武帝豪气短　龙寿亦不长　托孤老丈人　惠帝懦如糖
玩帝如股掌　太后权欲强　几度谋杀后　贾后主朝堂
江统徙戎论　安定大文章　贾后不采纳　满朝人心慌
跋扈贾南风　激怒众亲王　八王之乱甚　皇朝国体伤
五胡乱华夏　汉民遭屠殃　西晋丧国运　外戚逞骄狂
曾有勤奋士　刘琨祖逖郎　闻鸡起舞典　后人少闻详

五

东晋十一帝　皆非英武皇　改朝如换季　春短寒冬长
帝王皆寂寥　莫如书圣王　逸少兰亭序　行草世无双
潇洒陶渊明　醉眼观炎凉　为吏遭狗眼　拂袖辞官堂
不为五斗米　屈膝弯脊梁　采菊东篱下　南山云飞扬
归去来兮辞　桃花源里忙　无求无欲望　人格自然刚
华夏南北朝　特点分裂忙　南朝皆汉民　宋齐与陈梁
三魏加周齐　北朝处北方　拓跋鲜卑国　各朝各典章
纵使国迭国　人文亦扩张　地理水经注　考察极确详
大家郦道元　水经注苦偿　农典齐民术　历史占专章
数学圆周率　祖冲之巨匠　孔雀东南飞　南朝叙诗长
敦煌莫高窟　云冈雕佛像　龙门麦积山　窟雕未尽详
历史车轮转　坦途困泥浆　存在即发展　日暮迎朝阳
孱弱北周帝　外戚杨坚强　华夏分裂久　统一顺理章

改朝换代事　福祸两茫茫　若遇英明主　百姓福祉享

六

大隋复汉祚　华夏福泽长　止乱四百载　汉化自致祥
一部开皇律　进步好典章　推行均田制　生产力激扬
开通大运河　便利南北方　文帝栽大树　炀帝好乘凉
科举开先河　灭陈奋勇当　征战拓疆土　控台扩边疆
炀帝有骂名　正野史迷惶　雾里看花影　功过谁确详
回首统民术　无为而治彰　劳民伤财久　短命大隋亡
李渊隋国公　谋略自然强　审时度势发　应天建大唐
建成与元吉　忌惮威秦王　阴谋不得志　枉将小命殇
决战玄武门　震骇新朝堂　高祖何奈何　无须计议长
太宗李世民　实乃英武王　大唐趋兴盛　九州又辉煌
励精以图治　社稷得永享　御人难御心　奸佞最难防
国有直谏士　不谖殿中皇　犯颜敢直谏　实乃国栋梁
贞观魏征公　不愧唐栋梁　忠良辩太宗　帝悟荡回肠
魏去帝吊唁　悟语意味长　以人为镜子　君去朕恓惶
良臣鉴王鉴　史镜盛衰藏　何为明君主　由此知端详
治国理政好　必需贤德襄　贞观两仆射　太宗双臂膀
一曰房玄龄　荐才如择梁　决断杜如晦　匡扶好搭档
贞观国运升　君臣联璧强　偃武修文道　史上美名扬
西行取经者　陈祎乃玄奘　为正杂经误　求真艰辛尝
相传两神算　史实非虚妄　一曰李淳风　一曰袁天罡
二人推背图　其著有神襄　预测两千载　后世真伪详

汉藏和亲事	史料叙篇章	文成公主柔	松赞干布狂
和亲担使命	唐藏拆篱墙	佛文入吐蕃	两世纪繁昌
万朝来贺唐	疆域大扩张	盛世文墨浓	由此写专章
诗词李杜白	朝野皆知详	画圣吴道子	点墨高大上
李白谪仙人	诗风极豪放	动辄将进酒	蜀道难愁肠
杜甫乃诗圣	诗情多迷茫	望岳凌绝顶	忧愤吟春望
乐天白居易	诗魔又诗王	流传长恨歌	人人耳熟详
皇朝有韩愈	雄文冠全唐	师说彰宏论	授学道意长
世尊柳河东	哲论散清香	天说列实物	道简义理彰
时有孙思邈	后世尊药王	高宗曾赐官	婉拒治病伤
精心研医道	集成千金方	晚年隐太白	清心著医章
倏忽高宗朝	迎回武媚娘	废后重立后	李治亦觉慌
则天往才人	帝死入庙堂	岂知深宫里	款曲亦传扬
为谏废武后	上官一命殇	自此无忌惮	二圣共朝堂
保唐忠良臣	长孙褚遂良	丹心逊谗毁	相继将命殇
则天是星斗	已然放光芒	朝里清逆流	为登大宝忙
病弱高宗薨	连废太子皇	水到渠成了	登基在上阳
国号曰大周	帝号圣神皇	亘古未有事	女流竟为皇
女皇乃天意	神哉袁天罡	武曌智聪慧	久蓄大能量
治世兴酷吏	闻名就心慌	阴狠来俊臣	女皇养魍魉
能臣狄仁杰	谋略意深长	匡正巧施策	伴君日惶惶
女皇有功绩	版图巩固强	科举得完善	殿试武举创
破格降人才	经济重农桑	儒道佛三教	相融得益彰
徐氏曾反武	撰檄骆宾王	终因谋不周	转瞬即败亡
李家无奈何	武家更张狂	二张淫威甚	引火烧武皇

忠臣张柬之　革命复大唐　李显更切切　重登天子堂
武周气数尽　武皇天命殇　高矗无字碑　功过评未央
中宗再复位　韦后乱朝纲　野心效武后　终至遭祸殃
玄宗励图治　急需忠贞襄　姚崇荐宋璟　皆为国栋梁
后有张九龄　襄国正风张　开元现盛世　万古播芬芳
太平公主浑　谋反害侄郎　蟒蛇吞大象　命戗儿女亡
盛世难长久　玄宗首承当　百媚杨玉环　惑帝温柔乡
胡人安禄山　安史之乱王　贵妃收义子　为儿泡浴汤
外戚杨国忠　干政埋灾秧　兄妹马嵬死　羞煞唐明皇
唐皇宠贵妃　春宵芙蓉帐　乐天愁长吟　长恨歌专章
一笑百媚生　六宫粉黛藏　夜夜承恩泽　扶起无力量
但凡迷狐媚　到头必遭殃　江山加美人　谁人得赢双
玄宗糊涂事　莫过造冤枉　妄信奸佞言　骨肉三子亡
下传十四帝　唐祚秋草黄　宫廷频争宠　奸佞愈难防
德宗虽历久　国力未渐强　哀帝真哀帝　大唐国祚丧

七

风骤雨雪狂　天地尽苍茫　华夏再分裂　五代十国忙
各国霸一隅　急急称帝王　王座未坐暖　征伐赴沙场
悲甚后蜀主　名讳曰孟昶　王师十四万　懦弱拱手降
花蕊夫人者　宠妃美娇娘　国破君殒命　红颜徒心伤
世俗薄红颜　罪责怨恨傍　愤作亡国诗　羞煞男儿郎
南唐气数尽　李煜填词忙　不及辞祖庙　便为一虏皇
美哉小周后　优渥宫中享　一旦君国破　辱泪洗凝霜

春花秋月了　虞美人哀伤　可怜诗词范　国灭会阎王
分久必聚合　大势没商量　陈桥兵变后　大宋即登场
太祖赵匡胤　登基立昭彰　天下归一统　家国福星襄
黄袍加身易　唯恐多暗箱　杯酒释兵权　雄鹰瘪翅膀
北宋耿直士　赵普应首当　忠贞襄君主　晚年加惆怅
太宗赵光义　亦属贤德皇　兴国御臣术　自是谙熟畅
时有张齐贤　十策献祖皇　太宗视珍宝　惜才美名扬
北宋贤能相　寇准亦首当　昏君听谗言　壮志难伸张
评书审潘美　力保杨家将　抗辽保国臣　难敌奸佞伤
少儿耳熟详　司马光砸缸　自幼聪且慧　遇事不慌张
能臣王安石　入朝变法忙　雄心兴社稷　政异司马光
推行青苗法　改革抑豪强　其效适得反　农民更饥荒
官吏政不合　奏帝贬远方　强势施苛政　官民多遭殃
文豪苏东坡　政德俱优良　竟为上谏奏　数度遭凄惶
智者如司马　识时避锋芒　资治通鉴籍　史鉴创辉煌
散文八大家　半山得名扬　文论挞弊政　溶栓强心房
翰林具全才　沈括理首当　辽国谋疆域　谈判忠勇彰
国土不可少　史图理据详　面强不示弱　皇朝挺脊梁
天下郡国图　九州尽绘详　四海华夏地　亘古图一张
满腹蓄经纶　厚积著华章　梦溪笔谈籍　宝典散馨香
彼时能工匠　毕昇灵气扬　活字印刷术　雕印退库藏
四大发明事　世界早昭彰　火药指南针　蔡伦造纸浆
时代出奇才　安定作保障　眉州有三苏　文坛亦三强
苏洵三父子　文苑如同窗　伯仲两兄弟　同登进士榜
文魁欧阳修　慧目独具张　宝珠才离壳　即见放毫光

醉翁未醉酒　惜才纯情张　无人识老夫　只识此俊郎
翰林龙图阁　小吏经八荒　性情真善美　诗文作衣裳
为朝谋久远　贬谪历僻壤　乌台诗案发　险造性命殇
豪情赤壁赋　词情改柔章　庐山真面目　一语开迷障
雨濛荡西湖　数修杭天堂　旱魃苦百姓　上山斥龙王
黄州垦东坡　赤膊种瓜粮　儋州斗蚊虫　乐天驱凄惶
唐宋八大家　本朝占六厢　苏家父子仨　才名共流芳
苏轼词书画　集成大文章　天降文曲星　千代放光芒
庐陵欧阳修　大宋堪栋梁　时饮醉翁亭　醒能写文章
山肴野蔌宴　游客同品尝　为民大情怀　史籍多赞彰
文正范仲淹　庆历新政强　撰记岳阳楼　声名播四方
位卑忧天下　忠耿力谏皇　行为高风节　诗文亦辉煌
词人李清照　女流堪称凰　夫婿赵明诚　金石学家当
青州有故居　取名归来堂　憎恨夫失节　烈女词哀伤
施公水浒传　抑恶扬善良　人物多塑造　取宠撰文章
梁山众好汉　杀富济贫强　真人三十六　其中有宋江
水浒故事多　传播赖书场　武松十八碗　打虎景阳冈
宋江杀婆惜　逼入梁山帮　二娘卖包子　人肉特别香
吴用施巧计　智取生辰纲　痛打镇关西　豪壮花和尚
市侩西门庆　媚钩钓娇娘　娼夫设毒计　害死武大郎
武松岂甘休　快意杀奸偿　杨志卖宝刀　逼杀市井狂
李逵打虎处　就在沂源乡　尽管多故事　是非曲直详
国君昏庸弱　奸佞明暗狂　社稷如累卵　迟早酿国殇

中华谣

13

八

徽钦二君主　屡弱不阳刚　金国乘势盛　北宋亡靖康
赵构免被掳　南宋立灶膛　形制效前朝　迁都再开张
国朝阳气损　国耻悬朝堂　国难忠臣现　国魂铸金刚
先锋岳家军　抗金挑大梁　英雄岳鹏举　闻名魂魄丧
岳母刺字典　炫目儿脊梁　精忠报国帅　却遭暗箭伤
巨奸曰秦桧　数为南宋相　主降求议和　怂恿昏庸王
为求偏安隅　割地又赔偿　高宗昏庸甚　屈膝一罪皇
奸人拜国相　国政埋毒秧　天下第一奸　残折国栋梁
血溅风波亭　神人共愤场　奸贼两夫妇　赤身跪岳堂
怒发冲冠去　仰天长啸长　饥餐胡虏肉　威武赴仙乡
壮哉辛弃疾　复国敢担当　平生长呼号　中原我故乡
人生谁无死　纵死不彷徨　丹心照汗青　明志零丁洋
宰相江万里　故居赣都昌　曾设三书院　为国育栋梁
呕心结硕果　十七状元郎　耳熟能详者　即有文天祥
两千七百余　进士如宝藏　奸佞贾似道　多将忠臣伤
元军灭宋时　揖天长悲怆　携家百八十　齐殉止水塘
万载万顷公　壮烈为国殇　兄弟三昆玉　后世永景仰
呜呼哀哉痛　天下共哀伤　陆氏负幼主　投海南宋亡
奇异今显现　祥瑞罩都昌　上世丙子春　盛典古心堂
数千鸿雁聚　盘旋纪念堂　鸣叫碧空久　奇景闻未尝
天象奇幻景　对应大事场　莫非众鸿雁　盛典壮昭彰

九

蒙元灭南宋　忽必烈称皇　铁骑踏中原　汉民遭祸殃
歧视压迫甚　贵贱论族党　文明遭践踏　蒙回特权享
纵观元代史　贡献亦可赏　祖国大一统　疆域超汉唐
西藏入版图　辖台固海疆　纸币大流通　海运首开航
开建元大都　皇城奠阔朗　历时十八载　宏伟伴沧桑
元曲为时尚　杂剧雅俗场　周知关汉卿　窦娥冤情伤
书画最高峰　赵孟頫首当　敦煌多绘画　民间频动荡
元祚不足百　登基十一皇　花开花落间　改朝换代忙
当年征世界　铁骑何疯狂　衰亡何其速　因由史海藏
元代出大书　二十四孝章　篇篇孝感天　无由不昭彰
二十四孝子　古今美名扬　一颗赤子心　皆比功名强
孔子著孝篇　历代广传扬　荐官举孝廉　致仕孝首当
儒道华夏宝　理应广传扬　道法崇自然　万世得其昌
儒学重规矩　举步教正方　孝慈可正人　于此列数行

十

太祖朱元璋　大明开国皇　年少失严慈　最是苦命郎
开启壮阔路　反元勇武当　雄心驱鞑虏　帝业大报偿
立国先立本　治吏用猛方　贪官污吏杀　为民情怀壮
早年纳良言　一曰广积粮　一曰高筑墙　一曰缓称王
及至坐龙椅　居安思危常　俭朴不奢侈　勤政廉政皇
皇朝昌盛史　回首该鼓掌　永乐大典大　万里长城长
长城始秦朝　大明续延长　绵延两万里　拒敌固边防

中华文明史　长城堪名章　横亘一巨龙　智慧雄伟彰
强将三百余　武功震国疆　徐达常遇春　英雄戚继光
尤赞民族节　犯疆无商量　外夷常戚戚　鞑靼魂魄丧
中华多历难　不畏豺虎狼　千磨仍坚劲　血性应弘扬
也曾文盛事　章回小说忙　三国演义热　水浒传书场
巨匠吴承恩　西游记堂皇　唐僧四师徒　历难寓意长
金瓶梅所涵　黑暗腐败藏　兰陵笑笑生　奇书传八方
沈周文徵明　书画可冠王　仇英仙境图　真迹难模仿
当代李时珍　足迹遍山冈　尝尽万草味　验证本草方
凡得诸草药　本草纲目藏　五十有二卷　中医国粹彰
难逃周期律　盛极伴衰亡　国玺传崇祯　酒宴即终场

十一

大明代蒙元　雄鹰归苍茫　满族后金国　觊觎中原长
皇太极称帝　弱朝愈惶惶　巨奸吴三桂　雄关放虎狼
大开山海关　清军纵刀枪　闯王进京城　大明迫流亡
闯王李自成　灭明抗清忙　半生坎坷苦　举旗百姓襄
均田免赋号　中原震天响　究竟根基浅　不敌草原王
农民领袖名　堪为金玉镶　纵是志未酬　英名也堂皇
所叹厦将立　运筹即撂荒　雄图尚未展　命数已斜阳
回首反抗路　雄阔又怅惘　春风得意处　浩然坐京襄
王座未坐暖　门前满虎狼　成王败寇事　后世深思量
彼时大混乱　四处开战场　各自争江山　百姓遭祸殃
清军马蹄疾　刀枪遮太阳　驰骋辫子飞　攻城略地忙

平定大顺后　大西南明亡　三藩之乱止　台湾入国囊
辫子统华夏　强权治国疆　康雍乾三朝　鼎盛须昭彰
康熙初尚幼　四大辅臣匡　鳌拜狂傲久　朝臣皆惧惶
企图把朝政　言行蔑少皇　韬晦养玩伴　逗乐擒虎狼
乾隆大手笔　四库全书强　经史子集全　盛事一大桩
弘历宠和珅　和珅侍帝旁　细揣帝心境　舒惬帝多享
恃宠而骄妄　攫取财富狂　玉砌恭王府　亿万珠宝藏
最是嘉庆帝　登基灭腐王　巨贪事极反　一生空瞎忙
秀才蒲松龄　一心登皇榜　只叹天不助　历历皆怅惘
不坠青云志　著书蒲家庄　妖魔鬼怪人　忧乐伴恓惶
寸毫挞奸恶　泼墨显虎狼　浩然书良善　聊斋志异强
奇书红楼梦　甄士隐梦乡　一首好了歌　道尽诸沧桑
贾史王薛族　盛衰流转坊　涓涓儿女情　融入世炎凉
金陵十二钗　个个俏模样　峨黛掩不住　酸乐诗中藏
好个曹雪芹　饱墨写史章　妙哉真事隐　隐约又怅惘
道光整吏治　早已入膏肓　英雄林则徐　广州禁烟猖
鸦片战争败　英霸更猖狂　南京条约下　清国自舔伤
国弱遭欺凌　尤甚光绪皇　慈禧老泼妇　罪责造国殇
甲午战争开　北洋水师亡　马关条约辱　倭寇横利猖
倭寇强霸凌　清弱如饴糖　宝岛加澎湖　装进贼袋囊
乱世出英雄　苛政酿民荒　金田起义举　晚清苦果尝
起始太平军　纲领够堂皇　天朝田亩制　农民之愿望
风刮十八省　危及清朝堂　历史之意义　反帝又反洋
天王洪秀全　方略欠远长　立朝生腐败　清洋绞杀亡
民族如累卵　改革呼声扬　戊戌变法现　光绪加康梁

改革派势弱　慈禧训政强　光绪遭软禁　逼走康与梁
百日维新哀　国势陷泥浆　壮哉义和团　驱魔挑大梁
八国联军横　国都任虐狂　烧了圆明园　人民遭屠殃
丛林法则下　恶虎对羔羊　逼签辛丑约　庚子哭国殇
残喘慈禧贼　反复亦无常　甩锅义和团　助纣绞杀亡

十二

古代十大奸　害国害忠良　史籍或有议　列在本诗章
鲁国曰庆父　弑君乱朝纲　后来逃莒国　自缢恶名扬
大秦一祸害　赵高实堪当　逼死扶苏后　加速帝国亡
巨奸董卓贼　汉末残暴狂　野心行悖逆　义子一戟亡
东汉外戚臣　梁冀结私党　朝内施残暴　弑帝乱朝纲
酷吏来俊臣　女皇一虎狼　罗织无名罪　残害国忠良
唐代李林甫　宰相职位长　独裁乱纲纪　盛唐转衰伤
南宋巨恶奸　秦桧恶名扬　迎合鞑靼意　卖国害忠良
权臣曰严嵩　窃权罔利忙　明史六大奸　恶极登恶榜
宦官魏忠贤　专断结阉党　顺我者得生　逆我者必亡
巨贪数和珅　古今没商量　媚君有专术　敛财助膨胀
奸恶应挞伐　警示令悚惶　闻之如虎狼
有奸就有忠　这才和阴阳　古代十忠臣　史籍乐昭彰
殷商比干相　忠心辅纣王　甘洒一腔血　难抑天亡商
战国有屈原　忠贞不二匡　忧国忧民甚　明志汨罗江
鞠躬尽瘁臣　蜀国诸葛亮　杜甫蜀相篇　百世美名扬
魏徵直谏士　兴唐一臂膀　贞观之大业　史籍述端详

明相狄仁杰　伴君伴虎狼　左右巧周旋　保朝衰而昌
北宋智能臣　寇准可堪当　不惧潘美恶　浩然保忠杨
北宋包拯公　正义胸中装　不畏皇权巨　忠君更担当
南宋文学家　稼轩文天祥　丹心照汗青　从容赴刑场
宰相江万里　不忍睹国亡　携家百八口　殉国止水塘
晚清林则徐　忠贞满胸腔　临危受命去　虎门销烟殇
中华浩瀚史　忠臣如珍藏　还如阔银汉　熠熠闪金光
善恶谁能辨　后人评端详　功过百姓言　惩奸褒忠良
浩荡五千载　汇入史大洋　凝缩数张纸　方寸储苍茫

十三

长夜露晨曦　厦倾撑柱梁　幸甚孙中山　掌舵待起航
驱除鞑虏号　恢复中华强　创立民国志　平均地权纲
时在辛亥年　起义在武昌　中华民国立　孙文总统当
民国大功劳　推翻帝制墙　封建大厦倒　开启新篇章
宣统清逊帝　惴惴又惶惶　张勋竟复辟　逆贼自灭亡
袁氏再主政　国家陷动荡　竟做帝王梦　八十三天亡
孙文制方略　三大政策棒　天下为公心　乾坤扭转强
苍天不假年　总理赴天堂　革命未成功　同志努力上
伟哉孙中山　终生求国强　壮志尚未酬　殒落成国殇
黄埔建军校　三民主义彰　蒋氏成领袖　北伐开战场
国内呼统一　乱世须收场　东北易帜后　形式归一匡
蒋氏字中正　独统国民党　自诩先生徒　行政善伪装
中山国父殇　三联便遭殃　一党塑独大　立马限异党

中国共产党　建党初心壮　砸烂旧世界　为民谋富强
力图相携手　襟怀够坦荡　同心救中国　共创我辉煌
联合建政府　情愿仅一厢　民主之诉求　请先放一旁
一九二七年　融共早塌方　蒋氏政府立　政变清异党
汪精卫政府　追蒋利益享　宁汉污流分　独裁甚嚣上
中国共产党　被逼悬崖上　枪杆出政权　起义在南昌
凌晨枪声响　中国见希望　革命有武装　未来见曙光
血雨腥风起　大地尽苍茫　人民苦难甚　谁人肝胆偿
红军历艰辛　牺牲好儿郎　朱毛二伟人　会师在井冈
言简难详述　翻过这一章　中国命运船　自此再起航
共产党党纲　民本为至上　推翻三座山　力求国运旺
民主加自由　平等进步彰　耕者有其田　民主专政襄
建立根据地　章程很明朗　土地革命兴　红色政权强
延安蓬勃风　革命助成长　国际友人曰　延安有希望
九一八事变　日寇逞猖狂　侵占东三省　国土遭沦丧
日寇扶溥仪　竟坐傀儡皇　成立满洲国　分裂中华忙
蒋氏不抗日　剿共容虎狼　攘外先安内　民族如滚汤
所幸有龙种　气壮大苍茫　东北抗联军　拼杀救危亡
民族英雄魂　万代应景仰　不朽杨靖宇　尚志同悲壮
爆炸皇姑屯　炸醒东北王　东北易旗帜　蒋军壮力量
军强当杀贼　独夫损伎俩　枪炮对红军　暗通倭豺狼
巨奸汪精卫　拜鬼作爹娘　历史彰正义　钉上耻辱桩
七七大事变　日寇疯狗狂　卢沟桥晓月　录下中华殇
倭寇铁蹄疾　河山染血浆　南京大屠杀　倭魔丧天良
全城血成河　人类大屠场　延安窑洞里　振臂发主张

内战亟须止　国共联合强　统一战线好　民族免危亡
西安事变发　走出张与杨　蒋氏被逼甚　合作抗日彰
自此抗战史　谱写新篇章　浴血整八载　穷寇方投降
兄弟阋于墙　外御其侮彰　国共两携手　抗战锐锋芒
平型关大捷　首战意义强　淞沪大会战　陷敌于泥塘
百团大会战　强盗大遭殃　敌后游击战　敌寇遭重创
国军正面战　大战廿二场　伤亡三千万　警钟常鸣响
居安常思危　四周有豺狼　有备才无患　锻砺科技枪
人人须爱国　民族精神壮　严查大小奸　铁铸篱笆墙
国破山河在　回首尽悲怆　民族战争史　详述有专章
宋氏三姐妹　心力锐且强　唯有宋庆龄　正气得弘扬

十四

民国乱不止　正义邪恶彰　推波又助澜　文坛有衰强
鲁迅大文豪　以笔做刀枪　庸辈怕惹祸　他却敢担当
锐批奸邪风　鞭挞腐朽帮　伟人曾赞叹　文化一主将
横眉千夫指　不惧邪恶伤　俯首孺子牛　浩气冲苍茫
茅盾沈雁冰　巴金李尧棠　老舍舒庆春　钱钟书相仿
丁玲郭沫若　萧红林语堂　冰心沈从文　梁启超巨匠
科杰詹天佑　铁路修京张　诗人徐志摩　品行论短长
数学华罗庚　地质李四光　更有建国后　民族之脊梁
两弹一星勋　呕心助国强　功臣二十三　星空耀龙邦
国家谋强盛　国体夯基墙　为民谋幸福　公心道义彰
纵观世界史　国格为至上　道义胜邪恶　正道是沧桑

境迁悟不晚　检视清迷茫　以史知荣辱　阴邪衰阳刚
妄争已正朔　蒋氏心忌惶　联合组政府　裁军又限党
狭隘心机重　独裁胸中装　三邀毛泽东　重庆拟国纲
苛压解放区　威迫步步让　双十协定签　明和暗斗场
主席大胸襟　磊落散芬芳　运筹益开合　帷幄巧纳祥
蒋公翻书快　协定纸屑扬　华夏苦难地　战鼓又擂响
哀哉国民党　派系争斗忙　官官如饕餮　贪腐毁绳纲
政令军令垮　上下皆虚妄　各揣小九九　歪斜倒柱梁
壮哉共产党　主义真明朗　天下人民打　幸福人民享
推翻三座山　矢志国富强　人民坐天下　人民把印掌
理念两党别　博弈分疏朗　短视与高远　人心所指向
三年大翻转　雄师过大江　三大战役后　胜负早明朗
蒋家百万兵　形同烂泥墙　崩塌自家推　台岛悔思量
高瞻远瞩者　正义胸中装　民心即天下　失却定败亡
大道最至简　何须虚佞罔　为人民服务　毛泽东思想
农历己丑年　仲秋十日晌　立国行大典　五星红旗扬
伟人一声喊　人民挺脊梁　诞生新中国　开启新篇章
新国书新史　天翻地覆慷　自有后来者　再把新史彰
中华文明史　波澜壮阔长　史镜常揩拭　少辱多荣光
浩瀚中华史　宏大似汪洋　吟罢些皮毛　诸君试共享

2020 年 9 月 26 日

注：此文载于 2021 第 501 期《诗刊》网刊平台。

春 章

春（古风三颗）

一

雷鼓雨琴肇岁端，
挥毫泼墨绘河山。
鱼翔鸟舞逐仙境，
少女童男采玉兰。
竹笛唤牛趋绿柳，
风筝追梦上青天。
携壶种豆南坡下，
微醉前寻桃花源。

二

万物归宗始作无，
文明教化引经书。
人生幼学冲称象，
功业渐成蚌育珠。
少壮苦心磨利剑，
真金熔炼壮前途。
冰河磅礴滔天势，
春梦醒来豪气舒。

三

醇酿首先优质粮,
若无酵母岂良方!
平时向往魁星梦,
万般磨砺放毫光。
抔土有心集伟岳,
细流无意汇汪洋。
人生果若循天道,
大器即成续永昌。

庚子年立春日

春之歌 (三题)

春章

牛

生来就是拓荒者!
生来就是耕耘者!
你必须是默默地,
来不得半点张扬,
求不得半点享乐。
所以你的名字叫——牛!

拓荒耕耘是你的本分!
忍受屈辱是你的风格!
皮鞭棍棒是家常便饭,
呵斥怒骂是给你唱歌。
吃草吃苦不求奢侈,
创造财富永不止歇。

造物主怎的这般不公呢?
生命与生命怎的这般悬殊,
令人无尽的长叹悲嗟!

然而你也值了,
牛　为人类拓荒的牛!

你牛的,
比驱使你的主人们还值得炫耀!
你的形象,
早已铸立路边桥头!
你被画家们牵上墙壁画册,
你还傲然走上奋斗者的案桌。
你是生有所值哦!
人们把你的精神——拓荒牛的精神,
牢牢地装进了他们的心窝。
牛——你哟!
活得憋屈,
生得其所!
死得其所!

农夫

必须的面朝黄土背朝天!
必须地用辛苦换取甘甜!
必须的勤劳谦卑憨厚!
必须地享受丰收的快乐!
必须地看淡功名利禄,
活得踏实自在如同神仙。

农夫　我就是一介农夫!
种粮开山养家禽家畜,

生活的节奏紧张有序而又无悔无怨。
于是我的心里安然淡然泰然!

春章

早晨　小鸟们给我唱起悠扬的歌,
精神　马上便上紧发条转动陀螺。
第一缕阳光给我沐浴,
露珠们现场把我的劳作拍摄。
大地是我偌大的舞台,
观众　就连那些藐视农夫的人,
正在食着人间烟火!

农夫　是很辛苦!
但是　他们像蜜蜂,
在为自己,
在为你们我们他们,
创造甜美的生活。

面对黄土黑土沙土地,
农夫　都不会说什么,
只有劳作　劳作　再劳作!
汗水浇灌土地,
收获了衣食无忧　子孙善果。
面朝阴天晴天风暴沙尘天,
农夫　在心里默祷着什么!

只是顺应天意,
灾年荒年加倍落魄,
一个劲地朴素着,
行善积德!

农夫 到头来留下了什么?
政通人和的时代,
我敢说:
你会留下很多 很多!

春之力

严冬 缓缓走过,
身后 一派肃默。
能量 还在封存,
时机 正在寂寞。
轰然一声!
河流解冻,
万物复苏,
山林放歌!

候鸟 开始北归,
春燕 寻找老窝,
大雁 一路高歌,
列阵 从我们的头上飞过!

春章

大地　启动春的脉搏,
梨杏桃果树们,
昼夜赶着展示花朵。
白玉兰张扬着华贵,
连翘凸显着不屈的风格!

什么可以有如此大力,
令大地一夜间启动变革!
哦　我懂了,
新的一年开始,
所有　都要从头来过!
哦　我懂了,
新的时代到来了,
所有的所有,
都要从头来过!
革命　砸烂了旧的枷锁,
红旗漫卷西风,
为有牺牲多壮志,
敢教日月换新天。
过去的"穷腿子"们,
才可以像人一样活着!
从困窘中的肩挑人抬
马拉牛耕拖拉机,
到今天的信息化时代;

从小米加步枪，
到量子卫星　宇宙飞船　航空母舰；
从灰头土脸　到举重若轻　风度翩翩，
天翻地覆慨而慷，
我们　靠的是：
春之力！
春之力　无与伦比！
春之力　要让中国人实现中国梦，
世人瞩目的，
就是我们的梦想！

2019 年 3 月 20 日

注：此文发于《桃李文化村》网络平台，由知名网络传媒主播铃儿响叮当（王苓）诵读。

刺槐（二首）

春章

刺槐，又名洋槐，原北美树种，在北方、尤其黄淮流域迅速繁殖。该树种适应性强，用途广泛。其文化内涵丰富：虽非珍贵木材，然不择地势，不惧寒暑风暴，生命顽强，尤俱朴实无华、与世无争、蕴藏丰富而不张扬的高贵品质，令人感悟良多！

一

懵懂醒来出严冬，
未经着妆追春风。
质朴骨子藏玄妙，
贫瘠窘困敛神功。
梅凌霜雪有傲气，
凛然过后也成空。
怎比此君寻常树，
不狂不躁赢"众生"。

二

立身贫微命本凡，
成柴成材心自宽。
楠檀梨松羞为伍，
梅兰竹菊作别端。

生来窘困多砺志，
不屑贵胄望若仙。
无争无惧潜质美，
留得甜蜜酬永年！

癸巳年四月初四日

八十崮寻春

春章

禁不住春姑娘的诱惑
翠玉般的手臂这么轻轻的一招
便陷落了所有人
芳心萌动

一众闲人踏春
不去河边抚弄多情的柳丝
却奋然登上八十崮之颠临风

一对老夫妻住在山顶茅屋
对着一群羊一群鸡
心里早已春意盈盈

俯视山下叫作大家万的小山村
春气蒸腾氤氲
日子发着春芽
鸡犬和鸣

在几块山田里
几个老汉在专注地侍弄果树
他们在默契地对话
他们正在贪婪地吮吸春姑的汁液

其实
春色早就住进了他们彼此之心

踏春的我们
谁不曾怀春
谁不念春恋春悟春探春
寻春的我们
好像寻到了极致
就着刘家咀苦菜根山宅蒜
还有那对住羊圈的老夫妇
端上的淳厚朴实
春的韵味在慢慢地滋泅
几杯烈酒灌下
和着呼啸山风豪吼狂吟
此时觉得
块块石头也在怀春
也有了人的激情人的温馨

2017年3月18日

注：此文发于《桃李文化村》网络平台，由知名网络传媒主播铃儿响叮当（王苓）诵读。

节后农民工离家潮

春章

岁岁催生鸟归巢，
不计山水路遥遥。
心头思绪缠情絮，
严慈童稚俱心焦。
一夜双岁品甘辛，
长灯放暖到通晓。
大年三十春报到，
憧憬如饴心头浇。
佳酿已令皮囊醉，
憧憬将息待诚招。
赏罢元宵圆月后，
打点行囊四海漂。
改开号角四十载，
大厦如林试比高。
城市乡村美如画，
画师尽在民工潮。

己亥年正月初六日

注：1. 我国在经济平稳运行形势下（尤其外贸型企业）农民工数量一般保持在1.3亿人左右，形成春节前返乡潮和节后回返潮。回返潮一般从每年正月初五至正月底基本完成。2. 农历己亥年立春日为戊戌年除夕日，即大年三十。

古风　溯宗怀远

三皇五帝开洪荒,
千朝百代换玺忙。
阳光雨露泽沃野,
天干地支傍阴阳。
伯益玄仲吾始祖,①
秦嬴为宗须商量。②
半部春秋浸血泪,③
一支龙脉出湖湘。④
大明奠基克祸乱,
平辽功高祖荣光。⑤
永乐朱笔拜千户,
守淮镇海安凤凰。⑥
高风亮节家道盛,
展卷挥毫大文章。
在田鸿运罩源潮,⑦
万世其昌铸绵长。⑧
江浩浩白浩然公,
昆仲情笃共高堂。⑨
银汉浩繁乾坤转,
宗族兴旺国祚强。
木本水源溯海州,
有怀忠恕皆呈祥。⑩

　　　　放眼天地献祥瑞，
　　　　举族举觞敬先皇。

　　　　　　　　　　壬辰年荷月

春章

　　注：为我江氏自明朝由江苏省连云港市海州区南城镇迁来现沂源东里店一族敬献南城祠堂所撰。由江肇仁书。

　　①伯益，黄帝玄孙；玄仲，伯益三子，始封江国，国人以国为姓，始有江姓。

　　②秦始皇嬴政。据唐人林宝所著《元和姓纂》记载："嬴姓，颛顼元孙伯益之后，爵封于江。"传说黄帝玄孙伯益辅佐禹治水有功，帝舜赐嬴姓，后嬴姓又分十四姓，皆与江姓同祖。

　　③春秋末江国为楚所灭，国人逃散，我祖一支迁往河南济阳，后辗转安徽、江西迁至湖南长沙醴陵陇上村，方有本支始祖江龙。

　　④一为江姓属黄帝后裔，再因龙公平辽有功封千户职。

　　⑤镇守淮安卫，守御东海。

　　⑥举家落驻东海凤凰城，现江苏连云港市海州区南城镇。

　　⑦在田：始祖龙公字；源与潮：江源、江潮，龙公所生两个儿子，即二世祖。

　　⑧江浩、江浩白、江浩然即第三世，老沂水东里店支族谱按浩白、浩然为一世。（今山东省沂源县、沂水县）

　　⑨三人是亲兄弟。

　　⑩海州支堂号与现沂源东里店支堂号。

年节三首及其他

过年

日月星斗忙循环，
阴阳周易造秘玄。
芸芸众生停劳顿，
大寒过后过大年。
天南海北返家潮，
陆海空运大搬迁。
常年离家绘美景，
画作九州大团圆。

己亥年除夕日

清明节

木本水源求本真，
扫墓添土乃培根。
慎终追远拓宗脉，
代代根须在延伸。

己亥年清明日

谷雨

最是一年清谷天，
蜂蝶歌舞山河欢。
播种百果种嘉禾，
秋来堆起金银山。
时令四时鸣号角，
生机还须心劲添。
辛勤酿得百花蜜，
从无懒散殷实沾。

春章

己亥年谷雨日

上坟

香烟缭绕纸钱飞，
菜肴美酒供桌堆。
孝子贤孙皆跪拜，
不知大孝有其谁！

己亥年寒食日

善良

善良乃佛心,
根植净土深。
平时多润泽,
运势玉镶金。
不欺残老弱,
常怀慈悲心。
祖德关兴衰,
敬畏加感恩。

友情

人生知己不须寻,
诚信厚德培善根。
难时一臂抵千钧,
胜却显贵塑金身。
休以近视藐落魄,
应将三观量精神。
清贫君子作益友,
强似豪门攀远亲。

己亥年春日一次聚会后

春日晨诗

春章

梦里如意上太清,
霞衣未染白云蒸。
老君颔首近前来,
双鹤鸣叫已腾空。
旭日驱散万丈雾,
远山大松变小松。
曹州牡丹正润色,
且把妖娆献落英。

庚子年春月晨

借无非先生诗韵步和七律

蔡同德

春梦初醒

梦里飘然上太清,
霞衣未染白云蒸。
老君三请凡间客,
仙鹤一鸣天籁声。
旭日驱开千丈雾,
春风催绿万株松。
牡丹才润新颜色,
且待妖娆傲百英。

七绝·赞无非先生为归来抗疫勇士赠书

山肴野蔌大山生,
苦辣酸甜总是情。
手捧新书赠勇士,
花香怎比墨香浓。

庚子年四月六日

注:《山肴野蔌》为散文集书名,大山为网名。

贺张绵坤生日

春章

生自仲春萌发天，
铸就脱俗雨露沾。
旷达注目多良辈，
耿爽存真行为范。
意马高远少戚戚，
闪念何曾入云端。
走出大山便临海，①
儿女情长即归凡。

己亥仲春十九日

①指从沂源山城到海城黄岛照看外孙女。

雨 水

春雨润泽造锦绣，
天地融情辞晚冬。
山川绿意染萧瑟，
不日勃发追岩松。
熏风吹暖赤金乌，
岸柳和弦轧机声。
最是沂河掬醇酿，
朗声诵念织女情。

己亥年雨水 于大贤山下

写给张兴涛王海琴的诗

春章

己亥正三日正东,
忽闻外甥探访声。
倏忽白驹三十载,
未曾回首暖意蒸。
乃父乃母窘境日,
娇子咿呀慰平生。
幼苗长成参天树,
南山寒窗伴油灯。
鲤鱼已从龙门跃,
考场一搏早学成。
谦和勤勉金光道,
未作划空一流星。
大幸良缘挽海琴,
贤淑助力得咸亨。
人生坎坷造鼎力,
勿忘初心步不停。
正心正念正能量,
宁静致远享久恒。

己亥年正月初四日

见朋友家硕大白牡丹（外二首）

仲春仙仪降凡尘，曼妙舞姿着素裙。
晓风微拂飘馨香，涌入书斋摄人魂。
曹州花魁竟暗羡，吕祖三戏开智门。
有情流韵慰众生，无意净土培慧根。

庚子暮春

张传升借诗境改七律

阳春圣境落凡尘，妙润轻身套素裙。
晓气微拂香肺腑，书斋进入摄人魂。
曹州卉冠群英拜，吕祖三玩颂道人。
有意留言传勉慰，无情净土掩芳芬。

蔡同德亦改七律

牡丹仙子降凡尘，曼妙身姿着素裙。
沾露拂风辞吕祖，倾心动魄媚绵坤。
书斋流韵生情种，净土无华蕴慧根。
莫道群芳多暗羡，曹州城内少诗人。

同日同时

庆祝中国海军建军七十周年

——青岛海上阅兵感怀

春章

深蓝东海腾巨龙,
军旗猎猎映日红。
统帅军令震寰宇,
群龙闹海浪翻腾!
百年屈辱正洗刷,
航母神盾对狰狞。
神圣国土侵必还,
和平待我可相融。
游子漂泊尚未返,
国土飘零遭霸凌。
长秉五常中庸心,
隐忍怎能谈复兴。
身体羸弱不负重,
手无利器难猎鲸。
篱笆扎牢挡豺狼,
居安思危才安宁。
纵观世界格局大,
丛林法则应告罄!
一带一路串和合,
海陆空网谋共赢。

登上珠峰看世界,
马列毛论是高峰。
仁义也须强威武,
厉兵秣马方大成!

> 己亥年仲春

清明祭（外一首）

春章

丁酉"寒食"丽日天，
酹酒焚纸父母前。
小河汩汩犹啜泣，
岸柳垂垂缈如烟。
往昔双亲育儿苦，
艰辛铸就恩如山。
跪拜千遭难悔过，
留却来日将心煎。

丁酉年寒食日

暮春喜雨

夜雨悄悄行，
万籁寂无声。
嘉禾伸嫩颈，
祥鸟睡半空。
天垂走霭云，
瑞气掩繁星。
黎明开柴门，
野兔方始惊。

丁酉年四月初八日于河边园屋

送耿国海老师赴威海

阳春三月花正红,
忽闻挚友威海行。
忙设陋席作饯别,
不意君却反客承。
情真意切五魁首,
红星锅头助情浓。
德高望重肇生兄,
敏思忽略耳顺龄。
毓潮大人好气度,
耿直豪爽气如虹。
畅饮当数刘升富,
一瓶入腹亦蒙眬。
列位曾作杏坛客,
遍植桃李笃信诚。
开口宏论天下事,
殷殷切切家国情。
虽是小别非参商,
海城山城景不同。
鲤鱼正在龙门跳,
天伦日夜心难平。
此地纵无桃花潭,
却有汪伦送君情。

明朝顺乘东风去，

他日带回好晴明！

己亥年阳春十五日

春章

注：是日耿国海老师因数月不见在威海的孙女，思念之，孙女多有电话来说想爷爷奶奶了！于是决定翌日驾车赴威海享天伦之乐，行前小酌怡情，以达饯行意，参加者：耿国海、江毓潮、江肇生、刘升富、本人。

族人聚（外一首）

树高叶茂赖根深，
宗远族盛凭德敦。
江河奔涌绘雄阔，
山川奇秀壮乾坤。
日月经天频回眸，
众生万相扮星辰。
老庄孔孟作嘉客，
克昌厥后江氏人。

己亥年正月二十日

注：近几年春节后在县城江氏部分族人每年一聚，互致问候，甚慰。

赠赵彦敏

书自南国倍温馨，　　　　　　　春
尤佩赵君报师恩。　　　　　　　章
老学贯今兴不衰，
黄公堪作承继人。
清净原为福祉事，
无为至简融乾坤。
举目四海皆大道，
放任来者鉴伪真。

丁酉年春月二十九日

感福州大学赵彦敏教授惠赠恩师黄友敬四册"老学"专著，不胜感激！黄老一生致力于老庄之学地研究，并应用于自身与病魔斗争的时间，颇受裨益。

赠杨文航并唱和

古齐老农多撷英,
露天暖棚耍平衡。
银两装进脑海里,
醇酿数杯弄琴铮。
风霜雨雪任无常,
研墨挥毫净心灵。
尚遇佑军只片迹,
此夜不觉旭日升。

庚子年春日小酌后

见临淄杨文航兄操持田亩余暇研习书法不辍,亦增加劳累后乐趣,生活态度以苦为乐、自寻其乐、积极向上有感!未曾想聊抛一砖却引来璞玉,甚慰!

七律·和无非赠文航公

蔡同德

古稀农父亦精英,
耕读琴书无不成。
银两欲添凭技艺,
酒杯重握壮痴情。
春风秋雨门前度,
浓墨长毫纸上行。

快雪时临右军帖,
孤灯一夜至天明。

见江兄为杨文航诗有感

薛居友

李白斗酒诗百篇,
江兄数杯情连绵。
齐鲁大地出英豪,
更有孔孟真圣贤。
后世基因延先祖,
文才武略尽沾边。
也学太白微醉时,
吟诗颂歌向青天。

七绝·答谢江肇中诸老师

杨文航(临淄)

诸公关爱难辞说,
愚叟无知嘴笨拙。
多累少休饱雪霜,
诗书易篆月圆缺。

回杨文航

微醺拾贝三两片,
招来诗圣与酒仙。
灵感齐聚杨文航,
催你田亩任撒欢。

庚子年暮春

中国散文诗年选沂源的前世今生（外一章）

春章

一

沂源猿人，在刀耕火种的源头，沿着历史隧道，一路穿越到今天。

鲁山巍巍然挺直腰身，昂首向天，理直气壮地宣布：无论天灾水患，斗转星移，随我，顶住了这一方蓝天，我就是沂河源头伟丈夫的前世今生。

沂河，天穹的银河垂落地上，几十万年涌流碧波。源头是几十条静脉动脉，在丰盈着这颗晶莹剔透的偌大心房，一张一合，从不枯竭，你就是鲁山伟丈夫的柔情爱妻。

沂河，山东境内最大的内陆河。沂河源头日夜叮咚作响的径流，乳汁般哺育了"沂源猿人"！没有沂河地哺育和鲁山地抚养，"沂源猿人"怎么能长大成人！

没有沂河地滋养，黄河中下游又怎么能形成人间烟火旺盛，生命繁衍，物阜民丰。

沂河源头！于洪荒时期，就擂响了"黄钟大吕"，融汇了九天天籁，奏响了人类繁衍进化的宏大交响乐。

到如今，那直达天听、震撼寰宇的"黄河大合唱"仍在上演，"沂蒙山区好地方"正在华夏的四面八方尽情地悠扬，"牛郎织女"抚慰着一双儿女，正在其乐融融地享受今天的生活！

二

沂源，古代即是沂源乡行政称谓。沂源县，是新中国诞生的孩子。这块一千七百平方公里的土地，是沂蒙山区三县身上连缀拼起的彩头化身。

沂源，千里沂河源头，就是一条游龙之首，摇头摆尾，喷珠溅玉，带着风雷闪电，游进黄海。

沂河两岸，山与山首尾相顾，勾肩搭背，大山怀抱小山，抱得紧实，靠得稳当，连绵起伏，流碧泛翠。

这里是山东的生态高地，串串紫玛瑙般的葡萄，诱惑着所有人的味蕾；红宝石光泽的"沂源红"，竟然随航天员上了太空。

沂源的"九天洞"，千回百折，流光溢彩中堆珍叠玉，石花怒放可与阳光下的百花竞秀，无处不蕴藏着古生代奥陶纪的奥秘奇景。

沂河滔滔，鲁山叠翠，百鸟和鸣，山里山外，四时余韵悠长，一切和谐共生。沂源，是一幅"清明上河图"啊！

沂源，袖珍山城，水在城中流，人在画中行。

家庭

这个围城里，个个都是精英。这些精英里，个个都是珍宝。这些珍宝里，年代越久，越不值钱！

恐龙蛋值钱。猿人化石值钱。秦砖汉瓦值钱。刀币、新旧石器、竹简、青铜周鼎……都值钱。唯有每一个家庭的老人，不光不值钱，还在廉价使用！

家庭的少壮派们，在颐指气使，在冷眼旁观；小精英们，则学着少壮派们的言行举止！

已经越过甲子进入耳顺了，就由他们吧！耳顺之后就是耳聋，然后耄耋，老之将至了！

看着小精英们从他们父母那里学来的作派，老人们只能蹒跚出门来，抬头看看天，低头看看地，虽老眼昏花，却看到了后世三代深处。他看到了祖祖辈辈种植《孝经》的那块田里，长满了蒿草。他无奈地摇摇头，花白的头发，和稀疏的流云融为一体。然后，长叹一声，声音也飘忽云端，被盘旋在头顶的一只乌鸦衔去，拽进它们的老窝。

2019 年 4 月

咏茶（外一首）

情笃霜雪润玉枝，
暗香探春从未迟。
素女不恋九天梦，
凡间清馨溢唇齿。
日照绿茵生紫气，
甘露棚下好吟诗。
茶仙飘逸升天去，
高处殷殷待此时。

戊戌春月二十四日品女儿所寄日照头茬绿茶时

读书笔记——为唐太宗钟爱王羲之《兰亭集序》作

《兰亭集序》本不哀，
略施小计呈君台。
倘或辩才多一智，
自酬书圣乐开怀。
真迹赝品已无谓，
存世传承方免灾。
昭陵乾陵且莫论，
唯叹抔土化阴宅。

戊戌年正月廿六

注：当年《兰亭集序》真迹为辩才和尚所珍藏，唐太宗知道后所求而不得，于是施计派大臣偷得，后传随葬于唐太宗棺中，世上所存都是摹本。

赠王功忠老师

春章

王者风范性不狂,
功名利禄命里藏。
忠心耿耿家国事,
德馨笙歌唱辉煌。

壬辰年仲春

注：与王功忠老师相识相知旬年矣，感其德才、心志与品行，酒酣之际诌于大张庄石柱水库。

赞连翘（外一首）

轻渡三九严酷天，
隐身山间心胸宽。
熏风吹响开春号，
催醒连翘望若仙。
悦人当凭黄金色，
潜质自列本草篇。
从来匍匐不显摆，
无注目处享身安。

丁酉年三月三日

砖

人生就像一块砖，
哪里需要哪里搬。
如果垒砌房屋里，
酷暑严冬捱流年。
好高骛远全无用，
除非房屋要拆迁。
纵使应运出头日，
好砖早成烂头砖。

丁酉年四月三十日

七律·荆山春夜

春章

浅禾深梦露华浓,
祥鸟香巢窃语声。
半亩田园栽桂树,
满山红杏逗春风。
堰边连翘施金色,
天上婵娟带笑容。
寂寞禅师不饮酒,
焚香开卷伴青灯。

洛阳赏牡丹归来

洛阳牡丹三都赋,
王后文雅笑君痴。
仙子抗旨受劫难,
豪门无纸世所稀。
子建曾登铜雀台,
风骚继续逊左思。
国色天香成佳话,
归来犹叹醒来迟。

庚子年仲春

春夜雷雨

电闪雷鸣惊梦乡,
风狂雨骤扰苍茫。
黎明清清天宇净,
旭日冉冉又东方。
这方雨后晴方好,
那厢果蔬冰雹伤。
周遭百里同天下,
一夜祸福便成双。

辛丑年三月初六晨

致江岚

辛丑乍暖还寒天,
齐鲁宗裔拜江岚。
领首文通舒尔惬,
远眺祖茔冒青烟。
荣光流芳有巨孝,
幸哉载誉现魁山。
此时可爱唯春日,
老来能狂作少年!

辛丑年端月二十一日晨

仲春夜雨

春章

霏霏欣雨应春时，
泛泛万物尽感知。
东风摇落花千树，
梦中硕果约佳期！
翠妆正着黄河岸，
妖娆凝色作情痴。
融泥燕子筑新巢，
无边景致入心诗。

辛丑年仲春日晨

赏菏泽牡丹

天庭欲美大地容，
遍选佳卉九霄中。
梅兰菊荷茶月季，
魁王娇香艳君名。
傲雪凌霜自有主，
出污娉婷亦无争。
馥郁百里数桂姐，
牡丹仙子冠群英。

辛丑年仲春

元 亨

混元肇始玄奥深，
羲皇太极人文根。
日月晦明循大道，
经纬交汇织乾坤。
虚无缥缈涵万有，
幻化感应恒欲新。
否极泰来自然事，
婴儿啼唱天籁音。

　　　　　　　　　　辛丑年仲春

夏章

夏（古风）

夏章

一

草木葳蕤山野绿，
勇夫跋涉神州行。
骄阳似火情愈烈，
大水如龙万马腾。
电母雷公惊五岳，
暴风骤雨蔽长空。
一年此季最激荡，
尽在苍茫玄幻中。

二

髫龄渐长便成年，
庸碌慧明已发端。
天道酬勤修正果，
愚公有志敢移山。
人生格局青春定，
伟业宏图基础坚。
勇毅可堪当大任，
金刚烈火铸非凡。

己亥年盛夏日

今日喜雨二首（外一首）

一

时令入夏未激情，
赤兔含羞慢驰骋。
稼禾草木正葳蕤，
山川绿色写意浓。
午时春雷滚耳过，
激荡喜气飘空蒙。
匆匆路人享酣畅，
农人午酌添三盅。

戊戌年四月一日午时喜雨中

二

白日闷热如笼蒸，
大汗淋漓夜不轻。
亥时弹响琵琶雨，
胜过天籁琴瑟声。
珍珠洒洒停不住，
微风脉脉山川情。
晨起满城展绿韵，
心贺田亩欣欣荣。

丁酉年小暑日晨

题陈洪绶《荷花鸳鸯图》

蓓蕾独俏叶外伸,　　　　　　夏
未艳悟道早感恩。　　　　　　章
自知转瞬即殒命,
香销不惧入俗尘。

戊戌年初春

登山小语（二首）

一

欲求气势临河山，
雄浑巍峨驻胸间。
闲情逸致生惰怠，
登高望远大道宽。
顺遂常思艰涩日，
窘迫便化悠哉关。
进取不辍多磨砺，
及至老矣心亦欢。

二

山不辞尘固成高，
海纳百川聚浩淼。
众山大小各怀道，
仁德卑微皆有招。
天地混沌开鸿智，
阴阳相辅割昏晓。
多将情事作淡定，
盘腿峰岩听松涛。

己亥年初夏 于马头崮山顶

悼陈忠实先生（外一首）

夏　章

三秦旷世有至臻，
四时变幻多清音。
文章横亘千秋事，
我感我说唯乃陈。
白鹿倏忽升天去，
忠实魂萦众乡亲。
黄土有幸埋奇骨，
自此文脉润厚坤。

2016年4月29日晨

即日晨从张殿武微信惊悉陈忠实先生仙逝，不胜慨叹！

再悼忠实先生

无愧巨著读三遍，
不为书中色斑斓。
尤感作家品高洁，
大气磅礴写心酸。
秦地纵横山川美，
孕育忠实一文胆。
文曲陨落何其早，
留却漫漫白鹿原。

注：在齐国故城又买《白鹿原》精装版后所作。

端午诗章

端午节郊游

丁酉端午烈日炎,
举家齐聚九龙泉。
高山翠柏作华盖,
小河流水奏琴弦。
吕祖慈眉张慧目,
龙王施法喷清泉。
手舞足蹈袁浩洋,
兴高采烈江锦然。
良善人家有余庆,
吕祖龙王喜连连。
此时山外麦浪滚,
我与家人找清闲。

丁酉年端午午时

端午寄怀

楚国一奇才,忧思常抒怀。
疾奋仅一跃,便为报国哀。
奸佞常戚戚,贤良仰天开。

夏章

悲悯感天地，无助势微衰。
纵留烈士名，岂销哀乎哉。
情系众苍生，忠贞传万代。
而今感念节，巨杉当自栽。
离骚赋诗魂，天问送感慨。
你我平凡辈，莫将精忠埋。
艾草发清香，袅袅升天街。

戊戌年端午节草

丁酉端午祭

糯米红枣竹叶包，
艾草麦穗一锅熬。
此俗楚地传北国，
屈原投江民祭悼。
在朝力图家国盛，
奸佞当道赋离骚。
天问九歌王不醒，
汨罗江水泪滔滔。

丁酉年五月初四

端午祭屈子（古风）

贤能国策不兴邦，奸佞谗言易逞张。
昏庸岂止尔楚主，太史公曰多未央。
前朝飞虎傍比干，一死一反成国殇。
倘无太公垂钩钓，枉煞仁德数姬昌。
天问离骚追远赋，忧忿伤时上九章。
终是泪血非醇酿，逆耳忠言换鸩汤。
终生谋作付家国，孝为双亲愚忠王。
国祚颓废鼎举力，人君孱懦毁朝堂。
纵使悲壮沉汨罗，大厦将倾难佐匡。
唏嘘炫目文武曲，光华异彩入苍茫。
史实穿越贵鉴识，民本主义绿八荒。
华夏从来行大道，民族复兴挺脊梁。

己亥年端午节

吊屈原及民俗存疑

端午在今日，拙笔吊屈原。
虽为楚国生，殒命堪悲叹。
耿耿忠直士，不敌奸佞官。
昏昏楚怀王，将国一线悬。
流放三千里，兴国梦魂牵。
国破山河丧，汨罗江羞颜。
历朝忠贞士，直谏犯君颜。
殷有比干相，汉更司马迁。
鹏举与稼轩，哪个不堪怜。
史册纵嘉许，几何享寿年。
而今太平世，大遵担当官。
蝇营苟且者，大众羞面颜。
风清气正日，回春丽日天。
贪腐庸佞吏，如鼠到处钻。
家家粽子香，红枣裹其间。
张口五六个，谁人知屈原。
屈原不吃粽，汨罗江潺潺。
南俗染北国，包粽为哪般。
龙舟赛大力，呼号震云天。
民俗莫牵强，余暇探源端。

夏章

庚子年端午节

端午情结

你从楚国徒步走来
卸掉了身心繁杂的国事
身上带着奸佞小人的箭伤
疲乏地穿越历史隧道
走进了我的时代
你的"善政"像汩汩清流
可以灌溉楚民的心田
但那是你美好的一厢情愿
你联齐抗秦的战略宏愿
可以拓疆扩土制衡强权
却顶受了荒唐的亘古未有之冤
于是忠贞的青苗遭遇酷霜
罪恶的罂粟凭其诱惑达成邪愿
你刚正不阿忧国忧民
挡不住灌入王耳的花言巧语
于是乎你丢官流放
胸腔里还书写着治国鸿篇
离去就离去吧
未必不是一种解脱
可你又发什么离去骚篇
你仰天长啸壮怀激烈
"天问·九章"不改正义凛然
哀其草木之零落

夏章

罪已天性之自然
哀乎其心　壮乎其志
呕心沥血责无旁贷
留却后人古今共瞻
才华横溢遭受庸俗之流嫉妒
殚精竭虑追求高远却受昏王贬黜
凤凰振翅汇祥云
燕雀拼命自难追
满天凤舞不可得
遍地燕雀闹吵窝
凤凰麒麟示祥瑞
遭遇昏主便蹉跎
楚王面耳充满了媚笑诏谀
强国之梦便极易的陷于漩涡
臣无忧思当误国
奸佞厚黑则笙歌
悲兮楚国屈大夫
哀兮一腔热血错
唯叹小人们苟且偷安图享乐
真的使你寝食难安
梦初醒时尚不顾忌惮
所惶恐的还是国家和君王
眼见自己垂老来临了
还是怕不能树立好的名声

早上我啜饮木兰花上的露滴啊
晚上我采初开的秋菊充饥
但愿我精诚专一啊
受清贫又有什么悲泣的呢
惨　惨　惨
襟怀博大承祖国
理想破灭赋"怀沙"
良禽择木而栖
良臣择主而事
天之骄子却悟不透这等简单
孺子不敌鬼祟辈
空有激愤写"国殇"
浩叹难醒昏主梦
不知何故尧舜远
汨罗江水清浊流
噬人不辨忠与奸
楚民沿江连天嚎
粽香饲鱼莫伤屈原
雄黄酒洒江水里
醉煞水怪以图尸体保全
屈原一跃汨罗江
楚国自此无良贤
悲乎惜乎
一代忠良屈大夫

自此告别人寰
生命归于虚无
精神永昌浩远
"楚辞"开河行大运
正步豪迈壮文坛
屈原虽死犹生
开垦了诗词茂盛的田园
留下了忠贞不屈
代代世人之哀叹

夏章

2017 年 5 月 28 日

感母亲节（二首）

一

天地多苍茫，孕育山海江。
雄伟共辽阔，相携和阴阳。
天地人三界，中正刚且强。
大道恒而久，鸿儒润八方。
事物始作无，宏伟谱华章。
谨循圣贤德，世界兴无疆。
心邪行歧路，富贵少得享。
忠厚传家远，诗书继世长。
孝慈当无价，惰怠无所偿。
常念严慈恩，活佛在身旁。

二

夏章

人人有梦亦有花，
梦醒时分花非花。
芳容为人已殆尽，
花是儿女她是她。
有母不懂早感恩，
母去号泣半虚假。
我今心灵早成空，
娘去仙台又养花。

丁酉年母亲节

注：母亲节并非中国人的节日，然国人跟风，恰有感触。

见雄鹰猎羊（外一首）

雄视天下性自强，
苦砺练就大眼光。
翼展空中撑伞盖，
锐爪收起益滑翔。
目标锁定便出击，
身轻却能抓山羊。
世间万物皆同理，
相生相克合阴阳。

己亥年孟夏晨

品茗

阳光雨露润茶园，
修得翠微罩雳山。
遥见采茶窈窕女，
恰似散花在云端。
松下石桌摆壶盏，
木柴烧沸神来泉。
老夫今朝心绪好，
邀友品享日绿鲜。

己亥年初夏

交友（三首）

夏 章

一

心底澄澈可游刃，
表里如一自逢春。
人生窘困时时有，
一臂之力见情真。
多将惠人当过往，
少拿人短作唾陈。
但求人人诚待我，
我用涌泉濯精神。

二

诚实助人我本真，
帮人如同帮本人。
燃眉之急我救急，
我救他人烧自身。
挚友相劝多谨慎，
苍蝇蜜蜂要区分。
莠草善混谷禾里，
两肋插刀伤佛心。

三

首选孝悌作良挚,
莫论权贵等齐身。
淡泊名利尚道德,
进取不卑精气神。
关乎气节忠奸辨,
危难时刻见情真。
风霜雪雨多历练,
沙中淘出是真金。

己亥年夏日晨

五绝·酒色财气（五首）

夏 章

一

五谷酿出美琼浆，
入口绵柔入仙乡。
君子善交常助兴，
小人豪饮更猖狂。

二

爱色原本自然性，
百花娇艳赏怡情。
贪婪当如鸩止渴，
赏花不采显文明。

三

取财有道是正道，
坑蒙拐骗盗阴招。
仗义疏财阳世德，
正邪迟早得应报。

四

正气常附君子身，
阴阳相辅益精神。
浩然坦荡无所惧，
邪祟浑浊难相侵。

五

人生得意须举觞。
百花园里享馨香。
金银珠宝身外物。
豁达理气益柔肠。

己亥年初夏

吊"七七抗战"烈士（外一首）

夏　章

滂沱大雨天垂泪，
雷声阵阵地举哀。
卢沟晓月得洗礼，
宛平忠魂傍英台。
江河流转八十载，
正义未衰魔未衰。
但求龙邦多飞将，
不教倭寇卷土来！

丁酉年六月十四

注：当夜恰值大雨。

暑热

暑气大盛汗淋漓，
清心寡欲常吟诗。
太阳烈烈频降火，
月华迟迟亦应期。
知了声嘶唱高调，
山中松竹眼迷离。
最是农人小聪慧，
黎明劳作午歇息。

丁酉年暑日午于家中

品日照红（外一首）

暑热如炙香茗到，
玉盏意会开口笑。
壶中岁月绵而长，
春夏秋冬爽且俏。
品茗当感茶农乐，
生态园里太阳照。
尤虑我家乖乖女，
盛夏宜抑火气冒。

己亥年大暑日午时

七绝·题张大有画

简笔清癯免肥腴，
轻描淡写现雅图。
随心勾勒塘渠动，
青出于蓝极天舒！

己亥年盛夏

面对毛主席铜雕像，景仰毛主席功绩

夏 章

三皇五帝开洪荒，
帝王将相换玺忙。
国祚兴衰皇家业，
黎庶百姓多祸殃。
中山国父呕心血，
推翻帝制绘宏章。
尤叹苍天不假年，
巨擘远景半途殇。
华夏鸿运应湖湘，
韶山冲里腾祥光。
救星救民自肇始，
三座大山渐塌方。
立志颠覆官本位，
践行极致大思想。
倾力培元固国基，
经天纬地貌猖狂。

己亥年初夏

注：女儿女婿从韶山给请来一尊铜雕毛主席像即时作。

题《作家眼中的黄河口》一书（外一首）

黄河万里入海流，
磅礴浊浪慨然收。
昔日桀骜多酿祸，
今朝伏驯润春秋。
华夏浩繁五千载，
最是毛公担民忧。
此卷可载史册后，
承前启后再探求。

丁酉年五月十五

  2016年深秋，"全国旅游散文高峰论坛"和"全国人文地理散文大赛"编委会组织全国部分作家以"作家眼中的黄河口"为主题游览东营市黄河口国际大湿地，体验当地风土人情，探访数千年万里黄河磅礴入海所造就的黄河口文化及胜利油田成因。所有人员皆积极撰文，然后由活动组织方秘书长张殿武先生编纂成书，由《经济日报》出版社出版。

与诗友微聊

文章千秋事,　　　　　　　　夏
诗歌抵万金。　　　　　　　　章
生命百年去,
诗书代代跟。
精神常恍惚,
落魄易昏昏。
唯有诗书酒,
与我脱红尘。

　　　　　　　　丁酉年夏夜

田野之歌（二首）

一

七月　大地正在烤灼
七月　知了开始放歌
七月　河流澎湃激荡
七月　山川大地早已上足了颜色

七月的田野
大地就是湛蓝的天幕
天幕下的农人
就是那繁星颗颗
天幕下所流淌着的
便是那大小天河
确定的　女人们
就是那织女们了
夜深人静时
她们就会沐浴天河

七月的田野
青翠连天绿意热烈
我不经意间回首一瞥
田野在张狂中透着青涩

那眉眼举止地耸动
好像把托举他的春天忽略
春天夏天于田野之间
仅仅一墙之隔
却跳动着不同的脉搏
大地之春的旋律悠扬舒缓
冬天老人被悠扬成美丽的传说

春天的田野
是孩童般的欢快明澈
肤色肤质是怎样的动人心魄
轻轻一掐便冒水的春天哟
转眼间便长成了姑娘小伙
姑娘小伙就易莽撞多青涩
老成持重那是老年人的风格
于是我理解了夏天的激情澎湃
也不再怨怪狂风骤雨对田野的肆虐
而田野则更是旷达平和
仍然敞开胸襟接纳一切
富产万物无欲无索
涵纳万物甚或龌龊
这就是田野的品格

春天的田野

夏章

早上的雾霭将温润和煦定格

小草嘉禾们睁着惺忪的眼睛

看着北归的燕子呢喃做窝

春天的田野

我们在冒着瑞气的土地上劳作

将一年的心思种下

将全部的情感恣意地撒播

然后我们便期盼着

入夏后的骄阳如火

春姑娘的柔媚和悦

时时感化着阳刚小伙

从贵如油的春雨滋润

顺意春风地呼唤

都到夏的瓜棚树下对酌

默默快意地轮回

轮回出激越的诗词一阕

小河轻吟浅唱转瞬便大河滔滔气势磅礴

这一切都发生在田野的偌大舞台上

绘就了祖国山川由静到动的波澜壮阔

二

田野　广袤的田野里

所有生命都在载歌载舞

表演丰富多彩的生活
向日葵的金色脸庞追逐着太阳
高粱稻谷玉米大豆登上擂台
裁判就是农民的脸色
大豆花生年年富得流油
谷子颔首频拜
玉米的心事揣在心窝
然后　秋天到了
田野　就是一个熟透了的苹果
羞赧的脸庞
散发出诱人的馨香
神仙也感叹着田野无与伦比的卓越

田野陶醉在这个季节里
再也不用矜持温情羞涩
可以手持金色镰刀
把春夏的所有财富收割
可以张扬可以炫富可以亢奋
可以让潺潺溪流弹琴大山擂鼓
敞开嗓门豪情放歌

丰收了　这是田野的重托
颜色由青绿变成金黄
质地由虚幻转为实诚

夏　章

这是我们所追求的优秀品格

田野所承载的博朗阔大
儒释道也蕴集着通俗化的解说
仁和的田野大道至简
于无妄无求中阿弥陀佛

田野具有海纳百川的特质
田野怀有慈悲为怀的美德
一年的完美收官之后
便默默无闻地归于静默
这就是我们赖以生存的广袤田野

2018年6月29日于董家峪大山之中

夏日晨诗

夏章

一天的开始始于朦胧
太阳也勉强睁开惺忪的眼睛
小鸟们在树林里开着晨会
露珠们在炫耀他们的晶莹

牛羊们在咀嚼着它们的心事
大公鸡早已敲完了晨钟
母鸡们则怀揣希望
一天一蛋才保住自己的生命
知了们正在奋力攀登
他们的能耐就是无休止的嘶鸣

人就怪了
慢条斯理地起床
蓬松着头发
跷着二郎腿烹茶
嘴里还在不停地哼哼
婆娘还赖在床上
在诅咒这青春的无情

马路上急行者都是未来之星
看不起听不惯以上的种种

他们天天和太阳赛跑
为的是将来有一个美好的前程

好了好了
看湖光潋滟
看旭日东升
一天开始了
容不得任何人再慵懒楛懂
打起精神你所向披靡
上紧发条你就是座诚实守信之钟

        2017年5月19日晨

石拱桥

夏章

岁月流转去复来,
老井泉涌兴茶斋。
拱桥张目摄日月,
古槐新宠谁人栽!
光阴如剑射万代,
赵州桥宗甘悲哀。
沧海明日变桑田,
倏忽山野成商街。

己亥年初夏沂源朱家户游所见

笑　荷

凌寒时节全身藏,
三阳开泰便梳妆。
芳心萌动盼出阁,
随风杨柳作伴娘。
小荷尖角就招摇,
蜻蜓戏弄也情张。
慈母泥淖多忧心,
擎着碧伞来张望。

己亥年夏末

养儿女（四首）

一

人言养儿为防老，
捧在手心视为宝。
长大变成白眼狼，
乖儿娇女去哪了！

二

满屋金银如冰窖，
莫如清贫常微笑。
春来回暖草木青，
乐闻树丛黄鹂叫。

三

病榻之前有孝子，
虽非玉食心如丝。
暖语温情病魔祛，
前世修得好赤子。

四

夏章

儿子女儿都是宝，
父母终生离不了。
儿女出外父母忧，
换得老来多寂寥！

己亥年夏日收看一档电视节目后

遥祭刘玉堂先生

是日天空行骄阳，
一声惊雷文坛殇。
阎罗昏庸乱名册，
助纣为虐数无常。
沂水抛洒千顷泪，
鲁山痛断两道肠。
纸钱翻飞化请柬，
恭迎文曲升仙堂！

己亥年四月二十六日

注：被称为当代赵树理的沂源籍作家刘玉堂先生于是日在济南家中骤逝，享年72岁。

乙亥高温数题

心 态

炎热不须怨太阳,
阴雨更不将天伤。
四季有约各司职,
生命苦乐自受享。

农 家

酷暑静心自然凉,
气躁极易身心伤。
但愿树下哼小曲,
瓜果愉悦乐共享。

夏日街道

炎炎夏日气温升,
济济人头易激情。
记得多处浓荫下,
收却内心一份静。
生活不易贵自重,
素养足可变不惊。
站在高山看流水,
定与心绪波样平。

己亥年盛夏

赠李永春（外一首）

夏章

杏坛桃李沂河源，
仁爱隽永心地宽。
不计春秋耕耘苦，
践行师品好华年。
蕴能崇德孺子志，
惠风和雨润心田。
如水君子常善下，
登高望远效先贤。

壬辰年六月

感永春老师深情扎根沂河源头的大张庄镇中学执教三十载，励志践行基层教育事业，桃李无算，品行学风俱佳。

观网上诗文

无病呻吟太盛行，
四平八股更喧声。
末日黄花独恋瘦，
莫若莹莹长梦中。
当年文魁虽归位，
锦绣词章作恒铭。
又见聚财叠字者，
跋涉穿越当今行！

己亥年仲夏

自然自融合（三首）

一

冬天的禁锢
使春姑百无聊赖备受委屈
在一个暖意融融的黎明
咯噔一声
沂河里的冰凌打开了一扇大门
半是冬眠的小鱼儿打了一个激灵
值守的河柳还在朔风里愣怔
想作衣袂飘飘之态裙摆却还邦邦硬
然而也挡不住春姑的激情
她载歌载舞
把所有的爱融进了大地的胸腔

群山挺着脊梁
尽显伟岸阳刚
一场春雨下过
不经意间
裸露的身躯打了个滚
穿上了一袭绿装
白玉兰富态十足
梧桐花开成天上霓裳

夏章

岸柳梳理着河水
鱼儿变换着音符
鸟儿纵情地歌唱
北归的燕子垒着新房
麦田里荡起绿色波浪
美梦就是快点变得金黄
果园里人们以期冀的眼神
与果树们窃窃地商量

布谷鸟递给夏天一个接力棒
夏小伙爆发力瞬间疯狂
骄阳凑着热闹烘染气氛
将十足的热情送进万物心上
火热锻造激情
激情酿出遍野芳香

二

刺槐树的厚积薄发
眨眼间令世界素裹银装
蜜蜂们不停地采撷
制造出一罐罐琼浆
麦子熟了
农民像蜜蜂一样开始上场
还有什么比收获更加舒畅
汗水也转化成了马达的能量

三

日月拽着奔腾的马缰
由夏而秋的步履在丈量
热烈激情过后
散发出的是漫野馨香
蓝天高远白云悠悠
大河小河由雄浑而清澈
山上田间秋韵渐浓
无论白发老翁还是风韵姑嫂
不时欢快的亮嗓
时而低吟浅唱
时而激越高亢
人生有酒有肉有诗有女人男人
不让他们激情高昂都难
一旦展开歌喉
所有的失意怅惘苦闷彷徨
都于田间树下犄角旮旯隐藏
剩下的就是愉悦欢快明亮
是持续高温酿造的醇香窖藏

秋天的富足诚实
让夏天也神采飞扬
然后请冬天老人
把她们的果实尽享
当大雁列阵南飞

物候便收敛起往日的模样

沉淀　积蓄　思考　蓄势

冬天就是慢条斯理从容不迫

将春夏秋三季收藏

自然界的四季

也似人生的阶段

有起始　有青涩　有激情澎湃　有安定稳当

四季衔接好了

这一年就顺畅　发展　富足　和合

与人生一样一样

　　　　　　　　　　　2019 年 5 月 24 日

游青州故城

烟花三月逛故城,
故城湮没烟雨中。
借问官府遗址何,
翁妪摇头无所终。
但见城门巍峨立,
细究原来仿古盛。
依次排列数石鼓,
府衙威仪蕴其馨。
所镌神龙腾云雾,
城破难抑龙邦兴。
又见衡王石牌坊,
大千气象彰明英。
古街石板踏古韵,
步履亦可穿时空。
所慰鲁民古风在,
憨厚赤诚伴故城。

戊戌年三月十七日申时于滂沱大雨中

七言·读道德经（五首）

夏 章

一

道法自然非秘玄，
身心绳索无须缠。
日月经天按时序，
江河行地顺自然。
天地万物始作无，
阴阳和合易循环。
盛衰交替发恒力，
月亏转瞬又月圆。

二

万事无为方大为，
不言之教入心髓。
上德不德德敦厚，
真善美德隐身随。
仁义莫显真仁义，
盈亏常道在轮回。
如水善下成伟业，
富贵而骄锻舛锤。

三

大象无形蓄智能，
静燥虚实贵隐声。
清静自然是正路，
功名欠缺成大成。

四

刚柔难易相制衡，
善恶宠辱辨勿惊。
老子三宝慈俭慢，
恒无欲祸故不争。
万端纷繁施辩证，
大道至简达九重。
先哲拨开轻纱雾，
远看太清一盏灯！

庚子年初夏

五

浩瀚历史不尘封,
竹简帛书承厚重。
甲骨碑刻帝王冢,
露珠效应人文撑。
经史典籍如丝缕,
雄阔莫过我长城。
儒道赤色兴华夏,
传真悟语莫击罄!

夏章

庚子年盛夏

咏物数题（十一首）

弹簧

本来立正状堂堂，
无关他流貌惶惶。
有朝一日受压迫，
奋起一跳方逞强。

笤帚

独处一隅冷清清，
任尔不屑冷冰冰。
但凡有人亲接触，
奋不顾身保卫生。

锨头

烈火锻造周身青，
出入沙土骨铮铮。
三两年间身渐短，
舍却身心换丰登。

绸缎

自身绚烂不待言，
走进万家造万端。
包藏优劣全不顾，
只求华表惹人眼。

夏章

钟表

一

昼夜不停奔波忙，
几多勤奋几彷徨。
辛劳转的庸碌碌，
辛劳转的人生强。

二

精确精到尔本分，
粗心大意失本真。
莫为少你减风景，
不见日月日日新！

荣誉证书

藏橱上墙红脸汉,
沉思几多艰涩缠。
夜里一梦全颠倒,
红脸实乃不值钱。

茶具

金银玉翠华贵身,
自娱自乐长精神。
倘或内里无树叶,
岂不羞得无自尊!

酒具

壶中岁月万年长,
亦盛亦衰加彷徨。
英雄败类皆把盏,
营造豪爽还疯狂。

烈士纪念塔

烽火热血浇铸成，
冲天阙上探英灵。
清明时节多祭奠，
和平鸽哨奏哀荣。

夏章

牛

躬耕终生不图功，
几抱鲜草便动容。
眼里常藐落拓辈，
老板桌上显美名。

驴

座驾拉磨日夜行，
时而布片将眼蒙。
步履蹒跚年老了，
卸磨杀之无善终！

己亥年夏日

读《平凡的世界》

——悼念路遥（王卫国）先生

平凡世界不平凡，
心血和墨画辛酸。
百姓岂皆平庸辈，
迎风行船众拉纤。
路遥更知跋涉苦，
披荆斩棘渡难关。
雅士长眠英名在，
漫散芬芳万花园。

庚子年仲夏

赞孙立斌先生

夏章

参观由孙立斌先生聘请浙江东阳木雕工匠精雕细琢而成的集民族传统工艺、紫檀木高贵品质、《清明上河图》古韵三绝为一体的世界吉尼斯木雕珍品后。

齐鲁峰巅不老松
乱云飞渡仍从容
窘境犹存青云志
闯关无惧天堑横
意气风发谋大业
披荆斩棘创恢宏
家国情怀多壮烈
赢得朝野喝彩声
豪书敢为天下先
凛然正气踏歌行
情笃恰如刘关张
睿智堪比智多星
儒道赤色作底蕴
风雨过后现彩虹
举目欣欣向荣日
慰藉款款入心中
光阴浓墨书神韵
既往重彩绘赤诚

但见父老享富足

尚得怡然弄琴铮

辛苦遭逢皆有偿

甘饴浸润皓首翁

劝君聊作南山客

桃花源里笑东风

2016年5月6日

注：孙立斌，山东省高青县常家镇常家村人。原高青县副县长，曾历任常家村党支部书记、第六届和第八届山东省人大代表、中共山东省第五届党代表、山东省劳动模范、第七届全国人大代表、全国优秀党务工作者。

赠周守太老师

夏章

沂河源水润精英,
鲁山清风奏琴筝。
呕心培植参天树,
意气熬作白首翁。
登上杏坛论天下,
夜半精研道德经。
儒道和合融学子,
桃李园里硕果丰!

庚子年盛夏

感佩周守太老师在多年的教育管理实践中,将自己业余时间对《道德经》的学习研究成果融合运用于德育管理与教学实践中,收到良好效果。

赠王文君

梅兰竹菊散清馨,
端德恭良播淑芬。
北国风光大气象,
杏坛走来王文君。
傲雪曾作长相思,
虚怀尚爱梁甫吟。
人生轮回笑过往,
琴心剑胆善求真。

辛丑年初夏

注:王文君系哈尔滨市教师、诗人。

鲁山雨后

夏 章

昼夜喜雨洗凡尘,
松竹静谧鸟播音。
山里神仙多情趣,
异态纷呈悠然魂。
老君早年布天道,
众生闲暇拜鸿钧。
刀耕火种育文明,
彪秉史册沂源人。

辛丑年初夏

注：沂源猿人与北京猿人为同一历史时期。

谢春满人间为《中华谣》赋诗

黑水浩浩天外来,

龙吟九重闻阊开。

江渚星河瑶池地,

王者怡然诗乐斋。

文运其昌中原魂,

君子雅致好情怀。

才姬杏坛荷耘锄,

俊达笃志桃李栽。

辛丑年孟夏

注:1. 春满人间为哈尔滨诗人王文君微名;2. 中原魂为诗人书名。

黎 明

夏　章

穹顶一弯月，
寥落半幕星。
独自西行去，
邻家雄鸡鸣。
黑马勺子叫，
恰如寺里钟。
农人正美梦，
尤怨天将明。

辛丑年孟夏黎明时分

注：黑马勺子是当地一种马名字，早晨叫的最早。

马齿苋

匍匐路边任践踏，
烈日暴晒亦坦然。
抔土便可长生命，
雨露点滴也承欢。
本草载誉长寿菜，
智者吃出康健篇。
纵使卑微如毫末，
不逊贵胄望若仙！

辛丑年仲夏

复杨山承兄

——关于长寿与运动视频

人谋寿长争不休,
动静食疗各所求。
养生专家半百去,
亿万富豪床榻愁。
博学高才益家国,
厚德敦化播心畴。
心正行端自带寿,
好人应享二百秋。

辛丑年四月初十

秋 章

秋（古风二题）

秋章

一

大河浊浪变清流，
鸿雁南行飞暖州。
篱下菊花呈异彩，
山中金柿挂枝头。
落霞孤鹜随风去，
渔父轻舟把网收。
秀丽秋光看不尽，
高歌一曲信天游。

二

春寒料峭便筹谋，
种下秧苗更不休。
戴月披星施苦力，
春华秋实获丰收。
人生发懒终无益，
天道酬勤信可求。
君子自强天行健，
厚德载物效黄牛。

己亥年末秋

立秋后（外一首）

暑气蒸腾枉逞强，
秋来一夜立止狂。
台风带雨刚收场，
晨起即享舒意凉。
鲁中时令多守信，
不似宵小善伪装。
人生四季景有别，
青涩转眼临雪霜！

己亥孟秋十三日晨

今日语

时至深秋叶衰黄，
天晴日丽伴寒霜。
草木一生应时了，
人寿长短自凄凉。
天地造物有时序，
兴衰交替没商量。
厚德载物多期许，
清心寡欲赖心强。

戊戌年九月二十五日午时

注：因一文友英年早逝作。

贺仲秋（外一首）

秋章

亥猪身价增，
田园始落英。
桂轮天上挂，
蟾宫寂无声。
人间团圆日，
今偿荒寞情。
赏却素娥面，
明朝步匆匆。

己亥仲秋凌晨

注：是年自春末始肉价大增，引起社会诸多物价连锁反应。

又是生日

纵使天地步悠悠，
人生一世一悲秋。
年年岁岁何相似？
壮志少年已白头！
少忆往昔豪情事，
文以载道伴追求。
所获儿女皆如愿，
孙女甥男一并收。

己亥小仲秋午时席间

关于诗词（与文友聊诗）

诗词本无根，
飘散如浮尘。
只缘痴情客，
安其一缕魂。
一魂既得安，
心到即传神。
情志得展舒，
营养辛且勤。

丁酉年七月二十

关于诗词——韵和无非

老宋

穷诗本草根，散落久浮尘。
只道三分韵，徒知一寂魂。
情深方有味，意浅会传神。
美句心舒展，芳词笔点勤。

和春风先生悼战友诗（外一首）

秋　章

自古英雄多壮烈，
矢志兴邦真豪杰。
头颅颗颗擂天鼓，
热血染红大中国。
战士沙场若惜命，
谁人营造安乐窝。
国庆先慰英烈魂，
秋风奏响复兴歌。

2018年国庆日凌晨

注：春风，本名齐会山，对越参战转业军官，在县政协文史群微聊。

附：春风先生悼念战友诗

国庆节五河战友祭英烈

长夜幽暝四十年，
孤独魂魄荡阴间。
一腔热血书请战，
八千里路到边关。
身已许国忘生死，
心系家园卧长眠。
五河战友探兄弟，
三百官兵泪浸衫。

箭扣长城诗三章

攀爬箭扣野长城

三十驴友雅致浓,乘风乘兴箭扣行。
不是走马观美景,所向直指"野长城"。
大明御敌千里外,崇山峻岭筑长城。
历朝呕沥保疆域,民心壁垒血合成。
追忆彼时剑光影,金戈铁马映苍穹。
仰问高山众飞鸿,鞑虏劫掠可息声。
将士戍边餐雪露,二丁抽一苛政行。
哀哉长城坚且固,腐朽政权厦亦倾。
纵使城固若金汤,民心向背最慌恐。
努尔哈赤开金国,尅星威风震晚明。
长城喋血千军溃,草原雄鹰鸣京城。
成王败寇定铁律,朱明王朝换大清。
攀爬峭壁参大道,抚摸城墙悟太平。
历史车轮碾旧梦,巨石城砖浸血浓。
帝王将相任评说,功名利禄入荒塚。
抚今追昔生豪迈,继往开来惜太平。
"驴们"韧性坚而强,感叹感悟皆动容。
奋力攀上正北楼,成就一生好汉情。
脚踏长城人为峰,日后人生更从容。
可贵驴友皆友爱,互帮互助结驴情。
半夜三更回山城,一觉睡到天大明。

2017 年 10 月 23 日晨

由攀爬箭扣野长城所想到的

秋章

人生之路短又长，懵懂激情亦彷徨。
少壮立下终生志，雪雨风霜砺刚强。
不懈发奋无所畏，不偏绳墨必堂皇。
心存善念彰大爱，爱国爱家营吉祥。
不卑不亢不龌龊，举步方正挺脊梁。
人生紧要三五步，坚韧坚持达四方。
不登长城非好汉，老夫聊发少年狂。
正北楼上吼旷野，初心未改融苍茫。
今秋长城踩脚下，来日人生谱华章。
登上长城非好汉，岁月还须意志量。

丁酉年寒露日

五言诗——箭扣野长城

箭扣野长城，奇险峻伟绝。
筑自明王朝，为将北国隔。
逶迤五十里，一寸一日月。
城墙白骨砌，城楼朝天阙。
遥想当年景，群峰悲壮歌。
天地悠悠情，不啻代代迭。
放眼皆苍茫，举步尽蹉跎。
良臣如云烟，国殇万民劫。
城固难保民，政腐人难和。

史实乃明镜,借鉴步履阔。
傲大酿懈怠,锁关必自锁。
老庄尚大道,儒教奉正朔。
华夏胸怀广,彰显大气魄。
强国先强兵,国强不凌弱。
四海皆拱手,友朋共福祸。
藐视数强霸,复兴为众和。
奋斗七八载,长城奏凯乐。

丁酉年霜降日

感香姐作诗

秋章

引子：诗词作为一种文学体裁，过去多为饱学之士闲情逸致所为，或吟咏于风土人情，或慨叹于悲欢离合，或豪放于山河壮美，或愤慨于苛政时弊，少为底层民众所享。今从网络文学中见一城市保姆香姐（黄建香）诗作，且按本人水平论呈上乘之作，惊讶之际感叹作者对生活极致热爱之情亦有无奈之感，故慨叹不足钦佩有余。

人生有苦就有甜，
诗词易作也带玄。
帝王将相作骚客，
穷酸文人浪名传。
时光荏苒江河转，
香姐月嫂质不凡。
育婴哼哼摇篮曲，
张王李赵被催眠。

丁酉年八月初九下午

（附香姐诗作）

七绝·近中秋有感（五首）

一

潦倒书城又半秋，
窗灯数尽欲何求。
可怜骂座惊明月，
对影举杯愁更愁。

二

每逢佳节夜无眠，
独自深宵待月圆。
纵有闲愁千万种，
闲愁未解寄谁边！

三

独夜深庭桂子香，
凭栏无处不衣凉。
秋风不解相思苦，
犹遣花魂入梦乡。

四

料得清溪鱼正肥,
归帆两岸鹭高飞。
谁知今夜长亭梦,
几度青山唱采薇。

秋章

五

痴书长伴一灯红,
南北楼台弄晚风。
休道诗朋千里远,
今宵摘桂约蟾宫。

丁酉年八月初八于上海

注：南北楼台即常年辗转人家服务。

癸巳仲秋望月

望月初升何其好，真情昭昭非其巧。
绕城独步月同行，月挂中天何其明。
思绪万千繁如星，飘来荡去难理清。
树影婆娑银光闪，时有乌云遮天眼。
高楼遮断目极路，楼中自有莫测目。
人间富贵非天赐，发奋拼打利其器。
月圆圆自朔月日，些微莫测渐成是。
花好本自花残时，花开花落随流溪。
今夜月满明夜亏，满损谦益是成规。
坦途亦有坎坷路，人生贵在不停步。
今夜时光东流远，时光流水不复返。
明早旭日出东山，灿烂伴你渡难关。
转瞬夕阳无限好，荣华富贵终归了。
既然富贵难长久，莫如仁慈世上走。
圆月云里在窥笑，窥笑谁人谁知道。
也许笑你积财多，积得钱多买吝啬。
也许笑你拼命郎，天天奔波空瞎忙。
也许笑你子孙全，往日父母活凄惨。
父母走了你上坟，来回酒肴同样沉。
也许笑你太龌龊，媚颜屈膝换官做。
也许笑你官做大，卖官鬻爵真可怕。
更是笑你头脑昏，家里家外堆黄金。

更是笑你贪昏头,别墅美眉大耙耧。
官道志得财溢满,一步迈进铁栅栏。
踏进铁门铁窗寒,幡然悔悟泪涟涟。
不义之财君多取,敛的财多买凄苦。
清心寡欲真才智,种下善根结庐渚。
人间诸多不如意,一切如尘随风去。
幸见释迦早顿悟,空来空去启人智。
更见老子青牛去,五千金言天地气。
又见孔子多奔波,儒典辉煌映万国。
古来帝王多寂寥,唯有奇才终不老。
今夜琴弹流星雨,夜深月冷人影稀。
寂寞嫦娥伴玉兔,月宫可闻桂花香。
孤身独步弄清影,思绪开闸浪花涌。
随月随思转回家,梦中潇洒走天涯。

秋章

癸巳年中秋夜

贺《候鸟人文学》闪亮登场

大鹏展翼三万里，
雄视寰宇任翱翔。
物候神控作导引，
乔迁随处燕归梁。
情笃何必长相思，
别时尤感九回肠。
搏击苍穹齐天乐，
竟与日月应天长！
遨游可探西天月，
共享蟾宫满庭芳。
从来春游风流子，
秋华易得桂枝香。
激情洋溢候鸟人，
清音一曲唱华章。
举樽诚邀潇湘神，
醉蓬莱时诉衷肠！

己亥年暮秋

注：应《候鸟人文学》解现辰总编之邀作，内含12个词牌名，刊发于《候鸟人文学》创刊号。

立秋（三首）

秋章

一

夏正撒欢热如烹，
时令老人勒缰绳。
蝉鸣蛙鼓不懈怠，
陪伴秋郎至曲终。

二

人生之秋百事休，
切莫浅薄徒惹羞。
春夏早成过往景，
青涩成熟慨然收。

丁酉年立秋日

三

炎夏褪去火辣妆，
走来爽身秋娇娘。
谁家田里唱新曲，
春姑育出美儿郎。

戊戌年立秋日晨

甲午仲秋赏月月隐杂感（三首）

一

癸巳今夜皓月明，齐鲁遍闻咏月声。
皎皎流银染草木，洁洁清泻甜梦中。
今夜月隐九重里，群虫齐喑闻无踪。
杂然思绪飞旷野，秋风和着反腐风。
屈指七百二十日，重锤震昏众蠹虫。
巨贪饿虎遭劫数，饕餮门前敲丧钟。
魑魅粉面枉跳舞，钟馗布道显神通。
苍蝇蚊子小爬虫，夜半鬼叫熬孤灯。
早知今日惶恐惧，悔恨当初掘墓坑。
历代明君皆惩贪，惩罢贪腐天晴明。
不见万众拍手颂，不见群情唱精英。
亿万民众靠山大，全民翘首祝成功。

二

中秋圆月寄心思，圆月美酒恰此时。
玉兔藏在丹桂里，笑窥人间多情痴。
月隐自有月无奈，意马驰骋何待期。
相知不恨别离晚，词穷尤喜忘朝夕。
待到他岁皓月夜，圆月美酒赋新诗。

三

甲午仲秋甲子年，抛却半生愁与烦。
立业清贫志不惰，辛勤育得硕果甜。
往昔不屑媚俗气，今朝恬适志不缠。
丈夫坦荡多豪迈，如水善下有清泉。
儿女不矫各怀志，不处巅峰避狂澜。
两匹马驹如时到，皓首能不笑开颜！

　　甲午年中秋夜于马头崮山腰，修改于次日凌晨

秋章

九九重阳节

岁岁有重阳,秋风送桂香。
白日阳光暖,夜来月华藏。
搔首见白发,低头追以往。
平生最憾事,过早走爹娘。
欲孝亲不待,追悔哀叹长。
诚然劝晚辈,尽孝莫思量。
孔子著孝篇,色难寓意强。
食馔当及时,冷暖挂心上。
若有高堂在,言辞不张狂。
出游不行远,病患侍床旁。
孝子是高人,人前挺脊梁。
不肖众唾弃,恶语伦理丧。
家有期颐老,福禄财气旺。
古时举孝廉,为吏亦首当。
而今欲从政,德孝亦考量。
欲成大事业,孝道做基墙。
再劝众老者,心胸宜宽广。
趁着腿脚好,出门走四方。
花甲耳顺龄,切莫再逞强。
看开张慧目,放下莫彷徨。
言行必为范,家风散清香。
日头虽西下,无须暗神伤。

坐看桑榆晚,人生趋堂皇。
祝愿你我他,快乐过重阳!

丁酉年重阳日未时

秋章

五言·龙凤

龙篇

三皇展龙脉,五帝旺东方。悠悠五千载,四海谱华章。
生为龙子孙,劳作甘苦尝。不吃嗟来食,品高气自扬。
龙腾兴华夏,凤舞和万邦。不见众贤哲,至今配庙享!
山间升瑞霭,村头聚慈祥。原来梭背岭,龙气在徜徉!
鲁山擎天柱,沂河悠悠长。山水结连理,龙凤皆呈祥!
国祚如旭日,民俗益清淳。风起龙凤舞,雪融化阳春。
唐山不图高,仙气为之名。沂水不求深,游龙为之灵。
云为天霓裳,海是龙家乡。江河搏脉动,山川挺脊梁!
四海居龙君,动辄五洲惊。创新争吐纳,聚气作大成。
龙文行甲骨,篆隶世所殊。钟鼎铸恒久,传世皆玑珠。
府库藏瑰宝,史运比肩高。龙脉关不住,绵延化春潮。
龙腾东紫气,豪书天地间。宇宙广收纳,恒久儒道禅。
沂水源头清,敦厚化民风。谦和自致祥,龙吟发和声。
工农行正气,惠风催和畅。城乡沐龙涎,所得皆益彰。
铭文扬国粹,书艺别万端。壮举去庸俗,悠哉游仙山!
苍穹绘七彩,翻飞多龙凤。天籁奏琴瑟,杂音莫可争!
金龙降山峪,祥鸟朝凤鸣。农家得富足,畅然享太平。
古名凤崖庄,昌易梭背岭。一股祥龙气,扶摇上太清。
如凤农家女,理家世不争。龙子兴家业,温良敛内功。
沂河展玉带,群山龙脊梁。春夏生紫薇,秋冬颂诗章!

鸿儒行为范，大道和阴阳。旭日绘锦绣，皓月映龙邦。
黎明龙蛇舞，继而童叟忙。华堂贴喜报，孺子题金榜。
金木水火土，五行伴众生。天干地支妙，龙虎镇寰中！
青山绿水秀，生态民俗淳。繁衍已千载，发达龙子孙。
盛境龙兴雨，高山虎啸林。四季霭云罩，无处不阳春。
人承松鹤寿，龙游吟五洲。山河新日月，鸿运一并收。
兴农大战略，文化作引领。文章赋内涵，拓展乘巨龙。
福龙梭背岭，光临日月星。民俗如醇酿，醉仙操琴筝。
旭日东海升，光焰映天红。太空传神奇，华夏腾巨龙！
东西南北中，家国皆亨通。山川河谷秀，龙在画中行！
嫦娥揩玉镜，量子龙翅膀。北斗导世界，天眼太湖光！
航母发豪气，蛟龙入深洋。钓岛自留地，南海我鱼塘。
农民丰收节，漫洼瓜果香。龙腾凤舞日，红旗招吉祥。
金龙镌巨石，五言余韵长。美哉梭背岭，山川展画廊。
金龙飞灵韵，百花送馨香。奇壁养心目，福泽万年长。
易经有八卦，史记龙脉长。儒道恒绵久，神州继永昌。
龙吟虎啸地，物阜民丰村。门第春常在，厚德泽后昆。
中华一巨龙，太空见长城。绵延五千载，都入典籍中。
龙弱遭虾戏，凤凰任鸟欺。国殇铭刻骨，警钟常鸣笛！
祸兮福所倚，福兮祸相随。有备多无患，莫忘龙邦危！
天地混沌开，盘古载誉来。神龙飞九重，凤仪披五彩。
高山猛虎啸，深海龙逞威。大地五谷秀，众生祥云追。
华夏腾巨龙，蜿蜒乃长城。举世无其双，奇观现九重。
国运龙兴雨，威武虎啸林。人民挺脊梁，祖国万年春。

秋章

龙威震寰宇，鬼祟行龃龉。巨擘挥臂膀，百年屈辱除！
美哉沂河源，青山绿水间。藏龙卧虎地，文蕴数千年！
壮哉古人猿，龙子降沂源。黄河中下游，人类得繁衍。
蛟龙探深海，飞龙腾九天。吴刚奉桂露，嫦娥舞翩跹。
龙吟凤凰舞，虎啸山林颤。四海献祥瑞，民间藏大贤。
伟人毛泽东，呕心谋太平。福龙翔寰宇，精神化永恒。
世上有真龙？缘何笑叶公！历史由来久，华夏共图腾！

凤凰篇

神鸟曰凤凰，玄妙自身藏。化合益百世，意蕴涵瑞祥。
天上日月星，地上五谷丰。人间有龙凤，厚德世无争。
三皇历久远，五帝掌五方。华夏兴龙族，何时逊凤凰！
卓杰人之龙，豪气贯长虹。隽雅女之凤，相携谋大成。
人君称谓龙，发妻便为凤。夫妇若聪敏，天下乃太平。
有儿盼成龙，期许未必成。有女望成凤，莫如安平庸。
园圃育牡丹，怒放香满园。家育丹凤女，府邸漫紫烟。
玉女初长成，机敏贵持恒。朝堂天阙开，便为人中凤。
锦衣玉食娇，未必期如许。陋舍农家女，正道育凤雏。
古代习女红，长成没世风。如今子与女，奋发成凤龙。
人间结连理，协和便成家。子女成龙凤，美誉遍天涯。
天上飞百鸟，齐声朝凤鸣。云霞巧妆扮，气象显太平。
人中为龙凤，立志必高远。磨砺作天梯，不畏时事艰。
皇帝称龙子，帝后喻凤凰。腐朽上古风，朝朝酿国殇。
辛亥降龙凤，孙公举世奇。毛公推三山，气概世所稀。

秋章

水浅龙遭戏，笼凤任鸟欺。世事谁料得，唯有运先知。
东方飞祥龙，凤凰亦趋从。其志高且远，何惧刮逆风。
海阔凭龙跃，天高任凤飞。万类齐唱合，引得彩云归。
华夏多凤女，情怀耀星辉。壮志无与比，曾将须眉催。
民族复兴忙，九凤正朝阳。好个中国梦，巨轮方远航。
往昔积贫弱，国家任宰割。龙凤飞天日，天籁奏凯歌。
大道恒久远，国运泽绵长。路上常回首，龙凤畅翱翔。
世间有龙凤，首推科学家。历史车轮转，舍却无其他！
政坛有龙凤，为民谋太平。胸襟阔如海，初心眷民生。
风起云飞扬，百鸟朝凤凰。瑞霭漫九霄，万类皆呈祥。
枷锁镇女流，几千年悠悠。建立新中国，凤女方抬头。
古有花木兰，替父拔丁抽。今有人中凤，医诺屠呦呦。
倭寇踏国门，残虐我凤凰。魑魅魍魉鬼，永代须提防。
兰质蕙心女，自是人中凰。铸成民族魂，唯求中华强。
古时有梁祝，令人黯神伤。而今享自由，连理凤求凰。
奇女王昭君，自是人中凰。孤身和亲去，汉匈撤关障。
胡笳十八拍，听来多心伤。坎坷蔡文姬，足谓众女凰。
易安居士奇，婉约作词章。悲情感龙凤，才溢归来堂。
一笑亡国事，悲哉周幽王。可叹宫里凤，史书褒贬详。
越国有美女，其貌若天仙。入宫便为凤，夫差神魂颠。
貂蝉女中凰，救国敢担当。吕布并董卓，皆为裙钗殃。
同为华夏女，福祸天壤般。建设新中国，成凤半边天。
为民解倒悬，烈女不输男。人凤多壮志，开慧并胡兰。
秋瑾神凰女，胸怀壮而阔。推翻旧世界，浩然赴天阙。

儒教有偏颇，无才便是德。可叹众人凤，千年受压迫。
天地有厚德，孕育众苍生，龙凤共神祇，相和世风清。
伟哉大自然，万物大乐园。龙腾凤凰舞，昌盛亿万年。
妲己本为凤，荣华不待言，一朝变鬼魅，商亡便应天。
万物始生无，龙凤亦无殊。形容多美好，意蕴普天舒。
龙为人之杰，凤乃女之英。卓越催百代，拓展必咸亨。
古来帝王宫，凤群多争宠。绫罗包祸心，事极酿血腥。
武周则天帝，机敏通鸿志。不足为凤首，无字碑奇迹。
日月复经天，山河泽田园。龙凤同心智，阴阳纳万端。
历史不尘封，勿贬众精英。心里怀揣鬼，终究非凤龙。
农民人中龙，永贵首其中。农家金凤凰，皆俱不世功。
国泰民安世，凤鸣五岳山。江海和旋律，时光去还返！

乙亥年孟秋

注：载于团结出版社《新时代文学人物作品精选》，纳入本集、有关村名有变更。

落叶（二首）

秋章

一

摇曳一年头顶天，
使尽本色惠人间。
日日唯恐风雨骤，
时时奢望过平安。
依附母亲多快乐，
四季主宰造无端。
生命尽头孕生命，
自古兴衰自古然！

二

生来注定阳寿短，
求神拜佛也枉然。
一生最爱展绿色，
春华秋实却无缘。
无须悲凉常哀叹，
华发飘落任自然。
今朝萧萧归根去，
自此切切梦来年。

壬辰年深秋之夜

秋象（三则）

一

千般景象显秋深，
唯有此情最写真。
不是萧瑟伴归雁，
倒为农家正开心。
忘却一年洒汗水，
收获粉饰满面春。
纵使囊中尚羞涩，
为房为医更辛勤！

二

放眼漫山青红黄，
心里涌出颂秋章。
汩汩清泉映日月，
最怡情处是家乡。

己亥年孟秋

三

秋章

一夜繁星隐天外，
西风送君入我宅。
大小树族尽摇摆，
稻菽瓜果正抒怀。
春萌才睁惺忪眼，
转瞬幼树便成材。
南国请柬邀北雁，
不日列队归去来。

己亥年初秋晨

山中感悟（外一首）

奇珍异宝山里藏，
诗情画意胸中装。
有宝不识是顽石，
才情少德乃德殇。
敛财如山难敦厚，
善小而为诚信张。
端淑聚沙可成塔，
阴暗鬼祟多自伤！

己亥年孟秋于朱家户村

品茶微友

品茶窗台上，
斜眼看夕阳。
心境平如镜，
惬意鬓染霜。
白驹渐行远，
抛却多彷徨。
小酌怡情后，
又见新太阳！

己亥年暮秋黄昏

注：与著名诗人陶士凯（莲花王子）微聊。

生日诗（二则）

秋章

生日抒怀

人生奇妙又微渺，欲求年年更比高。
日月陪伴经祸福，夫妇相携儿孙绕。
少壮不知天地远，时时立志时时销。
待到不惑天命至，悔之不及早晚了。
事业成败转头空，唯有体衰发白了。
立身立德又立言，三立德行最为高。
酒色财气人人有，恰当拿捏勿比超。
吝啬萎缩心胸窄，钱财散去乐逍遥。
帮贫扶危积美德，恃强凌弱祸自招。
人生如梦真悟语，争来斗去出心妖。
春华秋实自然景，不劳不获结果糟。
不羡他人车楼美，逍遥自在福气高。
江河激荡趋平静，满山枫叶红透了。
善哉悟道时不晚，美色佳境看到了。
芝兰充室满屋香，屈指数来品自骄。

丁酉年桂月十四日

生日有感

生辰适逢小仲秋,
桂轮匀速步悠悠。
六十六载白驹梦,
醒来少壮搔白首。
走过奋发青葱路,
志为中华家国筹。
而今天朗气清日,
乐享月圆再如钩。

戊戌年桂月十四日

盛世中秋（二则）

秋章

一

天蓝水绿万山红，
累累硕果韵其中。
国运升腾冲天阙，
儒道赤色集大成。
丝绸路上友邦众，
大洋对岸早噤声。
仲秋圆月伴甜蜜，
万民协和享太平。

戊戌年八月十二

二

高天尽放碧绸绫
山川交响百虫鸣
一阵馨香飘天外
丝丝缕缕肺腑中
东海升起琼玉轮
人间氤氲团圆情
把酒问月何朗朗
欲将大道照通明

庚子年仲秋

无题（二则）

一

如梦人生少斑斓，
惬意失意贵自安。
屈指几多九月九，
几十几岁心安闲。
草木一秋又重生，
人生一世难转圜。
冷眼月升伴日落，
转瞬回归大自然。

丁酉年九月九日寅时

二

阳春若逢冰雪狂，
正发嫩芽易损伤。
天道时有莫测事，
不怪凡人多凄惶。
口腹蜜剑酝阴招，
狼披羊皮终是狼。
忽略狼穿金玉衣，
独爱温情食草羊。

己亥年孟秋

咏秋（五章）

秋章

自然

人生时令慢悠悠，九九重阳已入秋。
草木葳蕤傍炎夏，酸甜苦辣正值收。
造物不分贵与贱，众生无奈择荣羞。
兴衰有序交相替，死生轮回都为酬！

人

草木有情春易老，四季缠绵也分晓。
人生少年当壮志，困窘搭就顺畅桥。
春华秋实天然性，懈怠沃土长蓬蒿。
休叹老来庸碌碌，夕阳西下应自嘲！

树木

春来勃发是为秋，落叶硕果皆自修。
敛情蓄志甘寂寞，事业极致慨然收。
十载风雨多磨砺，或梁或柱作劳酬。
忍看黄叶随风去，无为徒受同类羞。

山川

春色织就绸缎妆,骄阳夏雨造苍茫。
百鸟和鸣天籁曲,秋风弥漫粮果香。
壮美理应酬四季,严冬自然挺脊梁。
巍峨不骄折万物,博大怀德共天长。

河流

唐古拉山大河源,或溪或瀑自天悬。
纵横万里成浩荡,编织华夏大摇篮。
缓急恰如静动脉,清浊顺势入自然。
春夏激流凌云志,秋韵冬藏酿十全。

甲午年暮秋

闲看秋叶（外一首）

秋章

高楼凭窗观风景，
远山近黛入目中。
心絮随秋飘远去，
意马浮云正驰骋。
青翠春发夏激荡，
顺意自然色凝浓。
闲看秋叶尚未落，
竭尽精华再遁空。

丁酉年八月初二

晨语

满天星斗去无踪，
一轮旭日冉冉升。
星斗隐形寻旧梦，
旭日举锤敲晨钟。
春妮长成大姑娘，
夏童年年都激情。
秋风阵阵丰收曲，
松鹤变作老寿星！

丁酉年八月初三晨

由2019年九号台风利奇马所想到的

世间万物皆相连,
不以生死为极端。
"中庸"经世能恒久,
贵在两极谋相间。
世界风云多变幻,
西方打杀东方闲。
狂暴肆虐多短命,
过后还是艳阳天。
上帝欲灭亵道徒,
必令疯狂作铺垫。
港独台独勿膨胀,
胀到极致便爆燃。
狂风骤雨酿灾害,
教训为师固田园。
利弊从来孪生子,
阴阳共生大自然!

己亥年孟秋十三日午

又到仲秋赏月时（外一首）

秋章

一轮皓月一轮秋，
万顷田园万家收。
恰逢国立七十载，
十四亿人共同畴！
政通人和行大道，
红色基因遍五洲。
寰宇大洋彰正义，
求索亘古真自由！

己亥年仲秋子夜

赠王力丽

命里生来便为王，
正南正北不偏狂。
表里如一行为范，
心静气闲柔亦强。
行文可比文曲星，
职场柔韧无须忙。
人生路上走阔步，
踏实坚定悠悠量。

己亥年中秋获赠《南极的诱惑》后

秋

时令天象正苍茫,
枫叶红火惹银霜。
悲切莫过南飞雁,
不知何处是家乡。
鸭子未觉池水冷,
万木识趣卸绿妆。
唯见寿星从不老,
无妄无欲立山冈。

庚子年暮秋

重阳节寄怀

秋章

今又"重阳"意如何？
可登高山去放歌！
极目天下我拥有，
太阳月亮入心窝。
非为欲壑填不满，
倒是仙境越天阙！
放浪形骸自然老，
不效秦皇遣徐哥！
人生尤贵不妄求，
沧桑正道是蹉跎。
低眉屈膝谋宵小，
莫如冷屋获五车。
些许官宦非善类，
道貌遮掩是"沉疴"。
昂首阔步量天下，
仰天大笑享玉奢！

己亥年重阳日

园中悟语（四首）

一

仰卧银杏金黄地，极目树隙湛蓝天。
思绪随雁东南去，岁月流走去还还？
耳畔飒飒飘金叶，草间蛐蛐不复欢。
当叹静动概一生，何必戚戚效寒蝉！

二

万木青葱怅然去，黄红褐紫罩满山。
风景过后自谢幕，闭目养神待来年。
候鸟匆匆东南飞，芳草萋萋顺自然。
万物兴衰交相替，转眼酷暑转眼寒。

三

苹果枝头珠宝气，葡萄行间挂钱串。
孩童树上映美景，夫妇心里赛蜜甜。
早春抡开金刚手，辛勤换得好丰年。
丰收未必得丰厚，忐忑日月求心安！

四

一年辛劳一年盼，一年秋收一时甜。
十年劳作十年累，十年收入房两间。
儿女时尚进城族，娶媳买房两大难。
父母佝偻早掏空，一家围着房贷转。

秋章

丙申年十月初一园中

完成《中华谣》后

天地一秋一瞬间,
春萌秋霜皆斑斓。
人生一秋一皱折,
乌发褪色银光闪。
终日耕耘未曾歇,
万担米粮凭积攒。
如下晒出《中华谣》,
可否抵他金银山。

庚子年九月十一日

贺淄博龙之媒文化传播有限公司
《龙之媒》创刊二十周年

秋章

天降瑞霭罩鲁山,
沂河之源育芝兰。
龙之媒介普广惠,
赖之人缘更佛缘!
挥毫书写大社会,
凝神聚目和谐篇。
旭日弥新织锦锈,
月明中里舞蹁跹!

庚子年仲秋月

快乐重阳（外一首）

老树盘根脊薄地
年年春发秋叶黄
丽鸟常驻树丛里
日落归巢黎明唱
盛夏为人遮浓荫
严寒悟语自思量
树干锯开打桌柜
枝丫自可入炉膛

庚子年重阳日

咏秋

时令霜降寒趋重，
月夜风吹子规声。
农家梦里收硕果，
恍惚出门方三更。
依稀星光频眨眼，
偷笑篱边花媚容。
万千芳菲早隐去，
一生浮华亦成空。

戊戌年九月九日子夜

冬章

七律·冬（二首）

冬章

一

北风呼啸过寒流，
万里雪飘漫九州。
玉树琼花呈异景，
银装素裹胜红绸。
春华秋实凭辛苦，
草木人生竞自由。
爆竹一声辞旧岁，
三杯酒后再从头。

二

日月轮回成物候，
周而复始易春秋。
兴衰更替按时序，
否极泰来可运筹。
生命有情存信念，
红梅无雪不风流。
冰封大地千山璧，
登上峰巅望五洲。

己亥年孟冬

大雪与岩松（外一首）

凌寒朔风拜岩松，
暖醺何曾半目睁！
高处惯轻众生相，
浅陋从容独飒声。
时令大雪多封冻，
三九未必就酷冬。
红梅翘首正张望，
莺飞草长路途中。

戊戌年大雪三日

冬泳——赠牟林清等冬泳爱好者

厉风呼啸音乐声，
琼宇幻景映冰封。
哪得壮士效鱼乐，
沂源几十沐临清。
王母曾经发慈愿，
允诺织女牛郎情。
只是畏寒不下界，
天湖任尔游隆冬。

戊戌年冬月十一日

注：第四句，好友牟林清谐音。即隆冬时节沐浴于洁净清冷的天湖。

参观红旗渠（七绝六首）

冬章

一

晋豫逶迤大别山，
何曾雷劈作两端！
缘自天公多吝啬，
惹恼荒民挥锤钎。

二

林州自古运多舛，
旱魔肆虐灾无端。
红旗一举消孽障，
碧波万顷兴人烟。

三

万民亘古命凄惨，
凭你泣号跪苍天。
赤旗浸染华夏地，
农奴翻身出深渊。

四

林州人民心志坚,
誓将旱魃下深渊。
三万铁军撼日月,
十载苦奋饮甘泉!

五

太行山上风声咽,
日月星辰都失光。
八十一条英雄汉,
壮志未酬写水殇!

注:整个红旗渠工程牺牲了81人。

六

灾逼民反斗太行,
老翁姑娘开山忙。
十载血汗感天地,
前人栽树后人凉。

戊戌年末秋

七言·感原林县人民战山斗水创造人间奇迹

冬章

酷暑寒霜整十载,
老茧磨得铁树开。
锤钎镐头蘸铁血,
大书林县好运来。
炮石纷飞擂天鼓,
劈开太行作天街。
苍鹰衔索缚苍龙,
北斗南斗皆当差。
开山恰值桃李龄,
功成儿女能捡柴。
老翁苍发尚存日,
勇士英灵不举哀。
"青年洞"里多憧憬,
"浊漳河"水驯服乖。
雄鸡一唱三省醒,
从此人神共善哉!

戊戌年末秋

注：1. 红旗渠工程于1960年2月动工，至1969年7月支渠配套工程全面完成，历时近十年。该工程共削平了1250座山头，架设151座渡槽，开凿211个隧洞，修建各种建筑物12408座，挖砌土石达2225万立方米。红旗渠总干渠全长70.6公里（山西石城镇——河南任村镇），干渠支渠分布全市乡镇。据计算，如

把这些土石垒筑成高2米、宽3米的墙,可纵贯祖国南北,绕行北京,把广州与哈尔滨连接起来。灌区有效灌溉面积达到54万亩。2.红旗渠完全劈山造渠,施工十分艰难危险,有81人献出生命,伤者更多。3.青年洞是最艰难的一段,由300名青壮劳力组成施工队。4.红旗渠是引得山西浊漳河水。5.青年洞的位置正处于豫冀晋三省交界处,素有鸡鸣一声闻三省之说。

关于境界——与数友谈境界

冬章

电闪雷鸣之于大地山川
司空见惯
风霜雨雪之于草木稼禾
略见一斑
苦辣酸甜之于人生况味
色彩斑斓
春华秋实之于自然形态
顺其自然
荣华富贵之于百姓贵胄
各揣感言
贫弱窘困之于帮扶救助
恩重如山
……

有时被严重误解
心无波澜
无须徒劳辩解
让时间老人去证明吧
要的就是这种达观

人人眼红的面对一块蛋糕
你平静如水躲向一边

让他们去争去抢吧
你无欲心宽

望着人生金字塔顶端
所有人拼命登攀
你却默默地寻找位置
做一块托举之砖

桃李酸甜惹人馋
获得交口称赞
你却挥汗施肥浇水捉虫
心中十分坦然

黑暗里照亮一个房间
人人脸上光鲜灿烂
你跳动的火苗越跳越矮
直到全身尽燃

境界是水
处下利物而无争
谁也在你跟前赧颜
境界是山
无妄无求而始终静默
谁也须对你仰视

你就是大道坐禅

境界是泰山崩于前而色不变

境界是崖松不畏狂风酷寒

境界是他人沮丧沦落了

你还在抿着小酒追踪先贤

境界是面对窘境你谈笑风生

境界是忍下心头之怒

敞开嗓门唱歌衣袂翩翩

真正的荣誉不是沽名钓誉

是水到渠成老藤攀援

你甘做一株小草

于不显眼处施放娇颜

境界不高

再做作也虚妄不实

境界故作清高如飘忽的风筝

线一断便消失在云端

境界应像春风春雨

和煦而来默默地润物

让生机勃发

呼应蓝天

冬章

2019年1月28日

"沂蒙人家"叙

是日也，天朗气清，冬阳暖照，百鸟鸣春，熏风微拂。晨起即应国海老师之邀，午时集于沂河源头沂蒙人家，年前最后一次聚会也。此处背靠历山，右傍螳螂河，虽非仙山名水，山水相依，风景秀丽，了无旁骛，放浪形骸，亦可足以得怡情之乐；虽无管弦丝竹之娱，然心声相合，气氛融洽，煮酒论天下，亦可畅叙情怀。群贤毕至，少长咸集，长者由古稀而趋耄耋，鹤发童颜，飘飘欲仙；次者由花甲而向古稀，鬓霜参半，揣童心聊发少年之狂；殊可慰者，越不惑而往天命之年者入老年行列，令诸公顿觉青年才俊般注于些许生机，皆慨叹光阴之如剑、人生如梦幻、岁月之迅疾之无情。嗟乎！苍颜白发，怆然回首，独叹日月如梭，人生苦短，真乃曹公所言：譬如朝露，去日苦多矣！尤可悟者，人生不如意事十之八九，当不求精彩于一瞬，笑到最后是赢家！悲夫！烈士暮年，壮心不已矣！概权作由秋至冬一抹绿色，抑或秋菊艳寒媚冬之意，至为情绪。席间觥筹交错，情真意切，不时高歌一曲，弹桌为乐，余音绕梁；亦吟诗作赋，摇头晃脑，略显深沉。既纵论天下大事，尽显忧国忧民之态；更聊及三十年以来滋生之体制政弊，医疗教育司法底线行业之腐败，义愤填膺，慷慨激昂，犹恨鞭挞之器不足长；又家长里短，不乏儿女情长，自然现凡夫俗子之态。谈论间尤其钦佩当届党中央富国强军、重视民生、高调反腐、重拾信仰、重筑道德堤坝、弘扬中华民族优秀传统文化和毛泽东思想等治国方略，"为人民服务"宗旨重回执政理念，政通人和，人民安居乐业，民风返璞归真，社会和谐，蒸蒸日上，令人欣慰，殷殷期待，弹冠相庆。国家兴亡匹夫有责气壮情切！谈兴浓，酒正酣，席间赋诗一首，以记叙时情：

冬章

自然山水爱缠绵，
刚毅柔和益双关。
友朋参商不相见，
真挚永远难高端。
怎比我等情义重，
一月不见似度年。
欢聚何曾计肴馔，
数杯佳酿暖心颜！
风云际会浑不顾，
人情冷暖记心间。
自恃旷达境界远，
事到临头非神仙。
天理昭昭彰正气，
儒道厚德行路宽。
看开放下悠然景，

清静自在伴流年。

己亥年腊月二十四日午

注：是日参席者为江肇生、江毓潮、张绵坤、耿国海、赵玉军、刘升富、郝树江、江肇中。

贺女儿生日（二首）

冬章

一

辛酉酉时我女生，
天降瑞雪贺岁功。
小荷初植展翠绿，
咿呀蹒跚助家兴。
芝兰有德人有梦，
璞玉微琢具咸亨。
初学聪敏潜质在，
望女成凤梦悬空。
心盛气傲孤飞雁，
高天彩云伴囡行。
幸得良善感佛念，
纾困化吉结袁生。
甲午喜得葫芦娃，
慧根捻弦奏琴筝。
自强自尊望高远，
大树大山赖福星。
若求家道溪水盛，
温良恭俭蕴其中。

壬戌年腊月十七日黎明

二

黎明喜鹊叫喳喳,
旭日万丈漫天霞。
朔风催我奔齐都,
一场盛宴会文葩。
凤女隔空金银撒,
意蕴慰藉母女花。
山珍海味充味蕾,
美酒轻抿笑哈哈。
生日快乐!

己亥年腊月十七日午时于临淄文化活动席间

注:女儿于辛酉年腊月十七日酉时(1982年1月11日)出生。

贺淄博市散文学会成立

冬章

隆冬时节雪纷纷,
犹如喜报送阳春。
古齐钟鼎传佳讯,
文坛一秀出乾坤。
桓公雄霸负天下,
姜尚韬略贯古今。
齐鲁文脉自绵延,
乐见一堂共相亲。

丁酉年十月廿七

贺淄博市散文学会成立两周年

浩瀚太空日月映,
繁星闪烁我最明。
不做沽名钓誉事,
尤赖自强塑精英。
江河清浊戏鱼龙,
沙里淘金澄几盅!
百花园中勤采撷,
文以载道奏琴筝!

己亥年腊月十七

注:由王建国副会长书,现场呈现。

老 屋

一艘多年未曾修缮的大船
就停在我曾经挡风遮雨的港湾
漆剥落　钉锈蚀　已无帆
她就稳稳地停在那儿
等我脚步
等我疲惫后的睡眠
修缮是计划中的事儿
修好了再度扬帆

父母的老屋
盛满了困顿岁月
盛满了家丁兴旺
溢出了祖辈的故事
溢出了我辈的牙牙学语
抑或朗朗书声
父母临走
都无一例外的看着黝黑的屋顶
无言无奈的表情
写满了满脸的沧桑
他们应该没有遗憾
他们已经勒紧腰带
一分钱掰开花

为儿子们盖起了新屋
然他们的遗憾是一道极简单的题
可不孝儿女却留下了解不开的谜

多年后我也有了自己的老屋
是岁月泯去了我与新屋的童颜
恍惚中忆起
这老屋是父母给我盖起的新屋
怎么一眨眼就又变成了老屋呢
哎！岁月如弦也白驹过隙
人老了
屋自然也长出了老年斑

老屋虽破
但她承载了父母过往殷殷地期盼
也为子孙们打下历史的营盘
而眼下
却露出了与时代不符的容颜
周遭都是红瓦砖房
独独的我那老屋显得有些寒酸
老样子就是老感情
倘或继续留着这老屋
那曾经的温馨
曾经忙碌的庄户日子

冬章

父母那曾经的期盼
就会留下底片

这老屋
有曾经的欢乐
有曾经的辛酸
曾经的意气风发豪情壮志
就在这老屋里发酵
续写着一个家庭的美篇

面对浸着父母心血的老屋
我心里隐隐作痛
真不忍心触动她
拆还是留呢
已不再年轻的心绪
正在反复地盘算

2018 年 1 月 20 日

立冬（两则）

冬章

一

时令老人功力强，
可使大地换衣裳。
北国风光变凝重，
万千财富山中藏。
条条小河都弹唱，
柳丝始终作舞娘。
最是温馨农家院，
入冬更显喜洋洋。

二

时令老人最无常，
可使四季悚惶惶。
花红柳绿少惬意，
转眼金秋覆冬霜。
大河雄浑转清唱，
山川清秀变阔朗。
青春年少难长久，
秋去冬来归安详。

丁酉年立冬日晚

小寒日关注嫦娥四号月背探测情况（外一首）

遍地琼玉迎小寒，
雅舍梅花自不眠。
薄施粉黛邀林逋，
鹤子仰颈鸣九天。
月宫嫦娥舒广袖，
频将秋波传人寰。
龙邦殷殷飞天梦，
精英切切再攀援。

戊戌年小寒日

茶韵

玉碗盛满琥珀露，
浸入心脾怡情舒。
似见仙子采玉芽，
犹闻天籁弹玑珠。
北国冰清尚洁琼，
闽楚粤地当有殊。
陆公频邀六君子，
光阴易逝去还余。

戊戌年腊月十二日午后品茶中

立 冬

冬章

树上的叶子落了
在亲吻大地的宽厚博大
候鸟飞走了
但总还有很多留守者
曾经生机勃发的田野里
该收的也收了
慢慢地显出空旷阔朗
墙根朝阳处
白发老人们在含饴弄孙
小花狗就趴在脚边摇着尾巴

又是一年秋风劲
吹出了初冬醉醺醺
树木们又刻一道年轮
老年人又增一声叹息
孩子们都在步步登高
家家的喜气都在尽情地氤氲

落叶衰草在惆怅中思考
这极其短暂的一生有何意义
我是不是做了一棵毒草
我是不是一片被虫啃噬过的病叶

元亨集

该总结我一生的时候了
我身上是否还背着骂名罪过
立冬日
所有植物都在反思自己
都担心明春还是否有重生的机会

2017 年 11 月 7 日于自家园子里

落叶诗

落叶缤纷谢暮秋,
归雁带走人间愁!
北山一片红枫树,
未知何人一抹羞!
青春年少心明镜,
未登仕途便走丢。
昨日染缸多着色,
晴雪梅花待煮粥!

己亥年初冬日

题明代名画（二首）

冬章

一

明代文征明《仿赵伯骕后赤壁图》

赤壁风云已烟消，
唯留胜迹景妖娆。
诸葛若知身后事，
亦许神手握尔曹。

丁酉年除夕

二

明末清初陈洪绶《荷花鸳鸯图轴》

一枝独俏碧里伸，
芳艳悟道正感恩。
自知转瞬即殒亡，
香销但不归俗尘！

丁酉年冬月二十日夜

小雪（外一首）

潇然河岸观凌波，
三两凫鸭半萧瑟。
苇荡不再翻绿浪，
岩松静默待小雪。
遥感北国正冰封，
但闻南方放秋歌。
严冬老人蹒跚步，
回眸春色尤难舍！

己亥年小雪日

为"齐心公益"张玲图片
《拥抱2018最后一抹金黄》题：

时令守信送馨香，
田野酿成醇酒浆。
为送北雁归南国，
日映大地铺金黄。
自来生灵存善念，
难得公益大扩张。
幸有齐地蕙兰女，
遍植惠根艰涩乡。

丁酉年仲冬十五日

七律·年后与蔡同德兄切磋诗艺

冬章

新春慵懒脑生尘,
佳节无聊觅知音。
幸遇同德老学子,
共游韵律大树林。
自愧才疏道业浅,
他山之石可妆门。
诗圣谪仙今望远,
精诚所至亦超群。

庚子年正月初七日

读无非诗步原韵奉和

竹园长啸叹红尘,
何处能闻天籁音?
纵使世间多举子,
可怜当代少翰林。
泛舟学海知深浅,
探路书山问孔门。
自信平生怀志远,
乐交同道不离群。

庚子年正月初七日

族朋亲友聚有感（外一首）

情切不在如海深，
意绵自有祥云跟。
心有灵犀不须点，
真诚冬寒若阳春。
人生顺逆纵天命，
奋力始终可摘金。
老来何患多寂寥，
敦德早已植惠根。

戊戌年十月十日酉时

七绝·柿树

岁月自然最无情，
山水无欲却永恒。
纵是人生终成空，
难阻年年柿柿红。

戊戌年小雪日

注：这些年，看着山里的老柿子树结的柿子，深冬了还无人采收，红红地软软地甜甜地挂在树上，好像因无人理睬而羞红了脸，真的很惋惜。

顺口溜·沂源西里镇村名

冬章

沂源西里处东南，五十九村任方圆。
人口四万八千一，沂河东去山连绵。
山中盛产桃与果，花椒树上玛瑙繁。
平原多栽甜葡萄，大棚草莓清雅甜。
镇村环境美如画，人民精气神悠闲。
镇府驻地梭背岭，唐山公社是从前。
凤崖官庄古时名，破了风水赖南蛮。
一条大路分两村，泉头古来有甘泉。
西北三里北王庄，人们记忆有神泉。
西里分为前后中，其实仨庄紧相连。
徐家庄里多徐姓，原归前西称南山。
东南五里龙王塘，更名东升四十年。
南去十里唐庄村，人口全镇数前三。
流亡省府沈鸿烈，财政厅在这里按。
庄里七道琉璃井，曾经相传百多年。
老庄逐年在搬迁，就怕曹宅水库淹。
西南三里侯家峪，曾归唐庄来辖管。
唐庄东南小山庄，山东头村与比肩。
南向五里薛家峪，自然村多山连山。
隔山一溜四马庄，徐蔡胡上小河边。
山里还有高家坡，泥瓦盆罐换油盐。
沿河西去石矾子，青石黄石作庄盘。

以西顺坡俩山庄，公冯二场南北联。
顺坡南下蝙蝠峪，得名山洞蝙蝠缠。
顺着山路往里钻，石拉处于最南端。
庄南有个老子洞，南蛮挖宝传多年。
还有一条尚书沟，史载此地出大官。
翻山越岭凤凰峪，凤凰展翅正飞天。
古来人民期太平，太平官庄紧相连。
顺山而下地势缓，周家上庄状如船。
西行五里炕洞洼，一条公路村中穿。
沿路西行茂子峪，大片小片山绕环。
梅家庄子傍姚宅，瓦屋河水清冽甜。
柳花峪里产花椒，桑树峪里不养蚕。
东汉刘秀光武帝，曾经落难在此间。
王莽追兵追得急，老农急将犁沟掩。
蒙阴县的犁掩沟，就是说的此一端。
月庄以西杨家峪，扳倒井就水里淹。
此井曾解帝干渴，名字也是帝封禅。
光武数日挨饥饿，桑葚便作难时膳。
桑树峪西蒲扇峪，中间隔着枫树庵。
光武帝曾睡树下，蚂蚁杂虫不沾边。
自来故事靠流传，其实真假难相辨。
裕华原叫滑石峪，三线更名六五年。
金星古来出沙金，苏家上峪掏金丸。
回村辛庄柳枝峪，皮毛产销将名传。

涌泉原名赵家庄，张家泉村挨西边。
特残军人朱彦夫，革命毅力可感天。
带领村民治山水，艰苦奋斗美名传。
人民楷模当无愧，忠诚坚韧志如磐。
韩莱路畔大刘庄，汉回和谐好家园。
杨家庄里无杨姓，据传古代早乔迁。
前程原名李家庄，前程似锦两山间。
五里沟邻三大万，大家山西崮东万。
镇西五里苗庄村，石厘峪藏山里边。
隔山曹宅翟家庄，薄板台上清水涟。
江家峪里无江姓，未知命名为哪般。
朱家庄子改清泉，潺潺泉水出山间。
狗对门西是旮旯，更名新华时尚鲜。
双庙文革改双胜，破旧立新难破山。
翻山越岭西王庄，黎明其实不明天。
车上无聊便穷攒，围绕西里溜一圈。

戊戌年十月初二参观红旗渠路上

注：1. 方位和距离为镇驻地和村与村之间的方位和距离。2. 社会发展环境和行政行为的关系，西里镇已将原来59个行政村整合为43个行政村，恰本书即将付梓之际，16个老村已改新名字，此"顺口溜"就权作一种村名记忆了。

冬章

银杏吟（三首）

一

混沌时代有此身，
几十万年还青春。
天地之间伟丈夫，
冷眼傲视伴乾坤。
凌寒展开凤凰口，
炎夏满树挂扇巾。
金秋美名自冠君，
长寿老人笑吟吟。

二

一粒寿果入土中，
七八年后始长成。
苦心孕育公孙树，
数十载满方由衷。
叶子富拥康寿素，
果为延年作提升。
文载必称活化石，
意蕴老道并神功。

三

寿冠本星史不详，
溯远追纪达洪荒。
身高上可朝天阙，
虬枝自由伸八方。
栉风沐雨优哉景，
凛然超然世无双。
应时应运黄金地，
转瞬严冬戏沧桑。

　　　　　丁酉年初冬晨

冬章

顺口溜·山东好人赞

山东好人牟林清,
坦诚良善贯一生。
平时尚德乐助人,
堪称现代活雷锋。
一点爱好常游泳,
无论酷暑又严冬。
天湖恰遇轻生女,
奋不顾身成救星。

2021 年 1 月 16 日

注:牟林清在 2019 年 9 月 30 日与同伴去天湖游泳时,不顾自身安危跳入深水中奋力救出一轻生女孩且默默无闻,不为人所知!被评为年度"山东好人"。

沂源赞

冬章

天地之间沂河源，一枝独秀齐鲁间。
钟灵毓秀造神韵，星转斗移绘山川。
先人始祖此肇始，洪荒经纬织亲缘。
元谋北京燧人氏，黄钟大吕启乐篇。
九天洞里住鸿钧，牛郎织女结仙缘。
唐山汇集儒释道，东安郡县若许年。
大河胸襟纳细流，鲁山雄姿冠群山。
圣佛院峪存遗迹，春秋讲学闵子骞。
深山老林备战台，革命传统薪火传。
而今村村农家乐，全国果品百强县。
上市公司七八家，工业立县走高端。
山水相映美如画，歌舞升平闹公园。
路网纵横连世界，山城夜景耀星汉。
大山不及五岳高，山里竟住活神仙。
河湖没有海洋深，碧波蓝天相斑斓。
五湖四海沂源人，走遍天涯恋沂源。

庚子年仲冬

咏梅（二首）

一

秋韵夏喧隐仙身
凌寒时节脱凡尘
清癯不曾呈异相
瑞雪邀来作知音
初绽未必惹人眼
万籁寂中暗香薰
墙角数支伴鹤舞
冰清玉洁入诗魂

庚子年小寒雪后

二

诗书画里等闲身
三九严寒擢精神
松竹诚邀作嘉客
瑞雪粉饰玉面春
林逋情笃结连理
琴瑟和鸣好知音
从来不施媚艳色
胜却武周洛阳神

庚子年腊月四日晨

为江南公园冰雪茶花题照

冬章

一生修的冰里艳，
明朝死罢也无怨。
所憾皆知为冰死，
冰却无情护娇颜！

庚子年冬日

复宗亲江信沐

江氏一族人
信乎诚善真
沐浴春风里
好似上青云
诗词为乐事
书法见精神
贤者志高远
哲理寓意深

获赠诗即日

赞张宝祥先生诗并序——写于观看张宝祥现代吕剧《义重情深》演出之后

序

张宝祥系山东省沂源县悦庄镇人。1961年沂源师范毕业，分配县文化馆，2000年退休。曾任馆长25年及省曲协理事、市曲协副主席、县曲协主席、县文化顾问等，副研究馆员职称。已出版文艺著作27部，计500余万字，在全国各级获奖百余次。多种媒体以《有这样一位文化馆长》《不辞长作沂蒙人》《笔耕不辍的人》《扎根在故乡沃土》《不懈的追求》《德艺双馨一面旗》等题刊播了他的事迹。为祖国的文化事业做出很大贡献。在观看了张宝祥先生以耄耋之龄创作，并由沂蒙山吕剧团演出的六幕现代吕剧《义重情深》后，尤为感佩，以文赞之。

岁月无情镌年轮，
天籁有意奏清音。
沂河源头长流水，
滋润万物常青春。
弱冠励志文坛事，
白发尚好梁甫吟。
儒道守正不卑亢，
赤色染就好基因。

冬章

世田纷繁有荒芜,
播种芝兰展慧根。
曲艺园里满庭芳,
鼓筝琴瑟抖精神。
宝刀不老踏歌行,
对酒当歌壮士心。
过往尤仗天行健,
今朝自获地势坤。

庚子年冬月

附 录

看了江肇中《中华谣》后

张宝祥

美篇《中华谣》，
彰显国史长。
一道江阳辙，
通顺读铿锵。
泱泱一万字，
澎湃如大江。
气势甚宏伟，
荡气又回肠。
作者功底厚，
志者出华章。
速发文史刊，
读众尽分享。
急忙看一遍，
眼花心舒畅！
怎奈已朽木，
无力来褒扬。

庚子年初冬

读江兄肇中诗词有感

王纪刚

祝诵挑灯彻夜明,
江君作赋慰深情。
肇承秦汉晋唐韵,
中涌江南塞北声。
诗引高山流水曲,
集和琴瑟管弦鸣。
出山皆有鸿程志,
版筑之间有盛名。

庚子年仲冬

七律·读江肇中诗集有感

蔡同德

壮士常怀报国志，
书生笔下走风云。
鸿篇巨制中华史，
大吕黄钟文学魂。
低唱浅吟多故事，
厚积薄发有清音。
携来美酒对秋菊，
且与无非论古今。

庚子年立冬日

贺：江肇中老师诗歌成书

李庆实

泛舟文海几十年，
诗情才气冲云天。
对酒当歌成佳句，
敢与李白拼诗仙。
豪气自有雄心在，
锦绣文章万万千。
书写人间沧桑事，
酸甜苦辣在里边。

庚子年初冬

七律·大山先生诗歌读后感（新韵）

齐会山

读书万卷六十年，
下笔千言倚马间。
诗不惊人不罢手，
文章载道比留仙。
江家门第学风正，
卢骆两杰歌韵先。
德望才情流纸上，
铁肩大义勇承担。

庚子年八月廿五

七绝·贺肇中兄大作付梓（新韵二首）

一

莫笑农家腊酒浑，
沂源无处不销魂。
蒙山丽水名天下，
兄弟非凡正道人。

二

似水光阴雨雪频，
青春灿烂尽销魂。
清贫何惧悲霜鬓，
无悔沂山问道人。

庚子年初冬

赞诗坛江肇中老师

孟凡爱

赞语声声朋友贺，
诗集一部不平凡。
坛中常有青松翠，
江上时闻白鹭喧。
肇始应从经史起，
中年方见美篇传。
老来愈发新枝秀，
师道前贤最谨严。

庚子年十月初三

人品铸文品——从《中华谣》和作者说起

张文学

隆冬梅花映雪香,
悬崖峭壁松柏壮。
出身寒门勤奋早,
意志品质展锋芒。
博学多才思路广,
笔耕不辍谱华章。
妙笔写下千古事,
留与后人细品赏。

庚子年仲冬

读大山诗有感

张传升

炎黄华夏古文明,
以史为鉴祖业兴。
定国安邦强盛立,
千言万语尽诗中。

庚子年仲冬

读江肇中先生诗集有感

宋以剑

灵秀沂河祥瑞地,
精妙华章现万千。
正道义理又雅趣,
原是无非今诗仙。

庚子年冬日

为肇中兄诗集付梓题

刘鸿福

江兄果然不平常,
诗情豪气入苍茫。
天道酬勤诚如是,
有志竟成非虚妄。
沂蒙逶迤多神韵,
人杰地灵文运昌。
浩浩亘古中华谣,
大山情怀万里长!

庚子年冬于沂河之源

贺《元亨集》出版

陈奉义

锐乃磨砺出,
扬眉莫争锋。
红梅傲冰雪,
无为敛神功。
耐得蹉跎日,
登高观峥嵘。
厚德自载道,
从容说江兄。

庚子年孟冬

五律·欣阅《中华谣》有感

江信沐

资质有千钧，
儒生拇指伸。
说今谈古事，
述远叙时人。
无愧嘉宾席，
不虚贤哲身。
读书逾万卷，
落笔见精神。

庚子年冬月

敢为苍生说人话

——贺肇中兄诗集付梓

薛居友

不是你不喜欢写小情小调、看雪月风花,
只是走过了半个世纪,
一路坎坷、摸爬滚打,
听惯了电闪雷鸣,
看多了雨雪雾霾,
尝遍了酸甜苦辣。
社会还是那个社会,
味道已经掺杂;
人还是华夏的子孙
基因却在悄悄地变化。
虽然你也想用文字将思想表达,
但你生性秉直,
不会用华丽的辞藻,
把假的打扮成真,
或者将真的像变魔术般弄成假。
于是乎,
就像声色场中走来了一位高僧,
手捻佛珠,

身披袈裟。

你不愿同流合污,

你就是另类,

你就是奇葩。

为民生和社会不公发声,

不是对社会不满,

不是传播负能量,

而是希望人们别沉溺于表面的荣华,

引领人们走出迷惘,

走向觉醒,

辨别真假……

因为你深深地爱着这片土地,

深爱着你的祖先和后人赖以生存的国家。

但正义始终是正义,

邪恶确实是害群之马。

面对邪恶,

麻木不仁就是犯罪,

讥讽勇为者就是替邪恶帮腔说话。

正是对社会和人民爱之深沉,

你才会将阴暗面揭开,

目的是为了让社会环境和人民生活风清气正,

不留余孽残渣。

心存光明的人,

才会揭露和发现阴暗龌龊,

因为这是一种责任；
无视社会不公和底层弱势群体的现状，
对社会的各种丑恶现象充耳不闻、熟视无睹，
还自恃清高以文人自居，
有污文人的称号，
只不过是王婆卖瓜——自卖自夸。
如果自我感觉是一个文人，
不妨扪心自问，
你是否心存正义与良知，
如果你无法自查，
那就拿出你的作品，
让众人评价。

把知道的真相告诉大家，
是一种正义；
把明白的常识告诉大家，
是一种责任；
把目睹的罪恶告诉大家，
是一种良知；
把了解的内幕告诉大家，
是一种道德；
把亲历的苦难告诉大家，
是一种告诫；
把追求的真理告诉大家就是把信仰播撒……

也许你人微言轻,
改变不了什么,
即使这样,
你也不沉默、不合污、不堕落、不作恶,
你就像一棵小草,
任凭风吹雨打,
仍然拼命挣扎。

鲁迅先生曾说过,
我们自古以来,
就有埋头苦干的人,
拼命硬干的人,
为民请命的人,
舍身求法的人,
……
这就是中国的脊梁,
而这些中国的脊梁绝不是帝王将相,
也不是闺房内描凤绣花。

一个跪了许久的民族,
连站起来都感到恐高害怕。
说到钱权,
瞳孔立马放大;
说到男女性事,

兴奋度瞬间增加；
说到民生、正义、人性、良知，
转眼都变成哑巴。
一个个精到骨头的个体组成了一盘散沙的族群，
其实所有的屈辱和灾难都是自酿的苦瓜……

或许你没有补天的才气，
但你用手中的笔，
写出了鞭笞邪恶、弘扬正气的文字，
拒绝谎言，
敬畏天地，
敢为苍生说人话……

庚子年十月初五凌晨

七绝·赞中华谣（新韵）

王文君

心藏日月乾坤大，
倾笔掘词万古情。
一曲长歌讴百世，
中华谣赋气恢宏。

辛丑年初夏

后 记

　　《元亨集》——江肇中诗选出版了，这对本人，虽是人生中一个较重要的事情，但并非纯粹意义上的"精诚所至、金石为开"，而恰为个人情致与爱好地发挥和日积月累、集腋成裘的果实。

　　出版诗集，是我截至现在一个而立之年之前想都不敢想、也不曾想过的事情，然而在人生第二个而立之年的今天，居然"变现"了！因由是三年前竟然在没有丝毫觉得"不知天高地厚"的心境下，不乏坦然地觉得：可以出本诗集玩玩！这种思想变迁是何等的天壤之别！真乃"情随事迁，感慨系之矣"！爱诗、爱读诗、是我的天性。而写诗，自然也是与这种"天性"相关联的。尤其敢写诗，一直以来就是处于那种"初生牛犊不惧虎"的心态下所例行的爱好。年轻时所谓的写诗，现在回头看，其实是相当幼稚的。由于文化水平所限，读物匮乏，更谈不上阅读面阅读量，在这种情况下写诗，不幼稚、不可笑才是真正的"幼稚可笑"。但人家客气地说我"执着"，对于这点是连自己也是可以默认的。也就是说，尽管写不好，也没有因望而生畏而止步。为了追求音律之美，我便时常诵读韵律感比较强的诗。像唐贺知章的《咏柳》、张九龄的《望月怀远》、李白的《梁甫吟》等名篇，以增强基本功。诵读诗词，需要抑扬作品气势，需要进入状态；久而久之便觉得，就是李白的《蜀道难》《行路难》《梦游天姥吟留别》《将进酒》等长短句，也带有明显的韵律感,这是诗的特性所必须渲染出来的效果。当然李白的一些长短句主要特点是语境开阔,联想丰富,大气磅礴,让人震撼。在写诗过程中,我也会在强调韵律、在不伤害意境情况下,有时也有意求几个对仗句子,但是要求得比较自然容易才行。实话说,我不是"科班"文化,我不具备"术业有专攻"这个技能,也受不了在"起承转合"里非平即仄那个"紧箍咒",所以我写的诗大都有"韵"不合"格"也就是很自然的事情了,很可能人家会说我为自己的浅陋托词。由于以上心态的"作祟",于是乎才出现了很多放开性情、一泻千里的五言诗七言诗。我觉得,这种诗写起来,只要把握好了韵部,不要受平仄格律的限制,很利于意境的发挥和诗情的张扬,既有古体诗的味道,又可以展开想象,韵律流畅,不至于晦涩难懂,没什么不好。不知我这观点,是否稍稍得到格律诗老师们的理解。这种亦雅亦俗的诗体,一旦确定了诗意诗题,在心里要达到一个什么境界,一旦进入意境,就有一种骑上烈马驰骋草原的狂放不羁之感,可以信马由缰地写下去,根本无须正跑着勒马停鞭,就是紧急勒马,那也是仰天长啸、壮怀激烈。我的认识是,由于对古格律诗词没有什么专攻,对于我,只能是"高处不胜寒"了。不胜寒,也就不去自寻苦吃了。但我不会,也不能、也做不到去非议格律诗词的形式和规矩;那束缚文人雅士思想才华的"八股文"都占据科举殿堂几百年,把许多寒窗苦读十几载甚或半生,真正的学富五车、才华横溢又不服输的才子们的前程都挡没了,令他们于一生中都郁郁不得志而"空悲切"。况且古代诗词文化,毕竟往大了说那是中华文明的一部分,狭义的说也是中国文学的一部分,是需要传承的(八股文另论),至于是否在瞬息万变的信息社会环境下将其"发扬光大",那是另一码事儿!至于传承,自有那么一些"高手、大师"去"僧(推)敲月下门"、去"吟安一个字,捻断数茎须"的《苦吟》了。性情很可怕啊,他会使人产生惰性,使人对困难望而生畏而至却步,使人对古代的一些东西往往持抵触情绪,甚至人家对你"不屑"了还振振有词,也只能怨自己才疏学浅了,我是为我自己"画像"呢,而已而已!

  本书《元亨集》名字的来历,实为涵括需要。"元亨",出自六经之首的《易经》。原句是:乾,元亨利贞。可概括为"元亨""利贞"两个表示吉祥的"贞兆辞"。元,开始;亨,亨通。由于集子中《中华谣》为主打作品,元,还有中华文明肇始之意,也俱"大"的意思。《中华谣》以外的诗,我按四季的时序排序的本意是,因为所谓的诗很杂,写什么的都有,真正的灵感所致,俯拾皆是,题材有大有小,篇幅有长有短,语言有雅有俗,情事大小不一;按照春夏秋冬顺序,比较符合在彼时彼地发生,在那个时间段经历具体情事所产生的心情心境。一些诗境和表现出的彼时的心情、感悟,只有在那个时段才能这样或那样,这样就出现了内容体裁迥异,统一于一个时间维度的形式。关于这样将大小诗题、情事性质、时间跨度等完全不同的诗按季节排序而成一章,吕鸿钧教授在序言中也给予了阐释。

关于《中华谣》这个作品，从酝酿到"创作"是经历了极其艰难的过程的。首先阐明一个问题，对于《中华谣》，责无旁骛地讲"创作"，是有失偏颇的；说那是在综合了好几个历史的版本，以历史典籍为基础，融合于自己对历史知识地积累所产生的成果，应该是比较客观的。要说"创作"，应该是在这种表现形式上的概念。还有就是在一些历史事件、人物，结合民众的习惯认知给予了文学性语言地解读也是实事求是的。对于写作，是在确定了出诗集之后经过近一个月，对诗集的整体质量、篇首取舍推敲、出版价值、社会影响、圈内人士的评价等反复权衡后才确定的。确定以诗体的形式写中华历史，当初是小心翼翼又惴惴不安的。从三皇五帝有历史记录到中华人民共和国成立直至今天，我泱泱中华五千年历史文化，不知道有多少学者专家教授，以各种角度和形式写过、出版发行过，我以这种体裁写中华历史文化，在学术领域、在教育领域等能立得住吗？人家会不会以为我步其后尘，吃人家嚼过的馍呢？这是几个大大的问号加"警"叹号地纠结。我真是怕弯道超车导致"翻车"，怕做了出力不讨好，招惹是非的事情。但还是性情"作祟"，认准了的事，就一定付诸实施；确定了的事就义无反顾、勇往直前、绝不回头，这是我的性格使然。倘若有人议论，那就只好"惶恐的"借用意大利诗人但丁所言、后来被演绎了的那句话"走自己的路，让别人说去吧"！如此，又经过一个多月对结构布局、表现

后记

形式、语言语境风格、事件、人物的取舍侧重、语言趣味性等基本要求确定后，于2020年6月初的一个失眠之夜凌晨三点才动笔的，至七点就一气写了一百多句，开了个好头，然后一发而不可收。其实当时的初衷，无非就是想尽量地增加这个集子的"分量"而已。而当真正进入写作后，正是钻进了一个自己布好的"口袋"：失眠、调动激活所有脑细胞、绞尽脑汁、搜肠刮肚、孤苦无助的境地。几个月一直处于兴奋状态，满脑子是历史事件和人物，一晚上起来三四次是正常事。在犯困迷糊中忽然想起一个历史事件、一个历史典故、一个成语、一个历史人物故事，那就得马上起来查找相关资料证实，就是这样的"熬"和"磨"着。自己那笨拙的大脑还能存储多少东西？一生历史知识的积累有多深多厚自己最清楚，也就是说对于这个"工程"所需的"原材物料"仅具备一小部分。过河的卒子没有回头路。刀不锋利，就得再锻造磨砺。必须再学习、再咀嚼消化、再加深、再积累，反复翻阅现有的三个不同时期、不同作者、不同范畴的中华历史版本，从《史记》中找对应记载，参考《左传》《吕氏春秋》等其他历朝历史、传记，又从《三国志》、唐人合著的《二十四史》等典籍中互相印证主要历史事件、历史典故、重要的历史人物传说、帝王的贤能昏庸及其对社会的影响、忠臣良相遭遇、奸相佞臣酷吏记载、改朝换代的因由探究、成语故事、民间传说、戏曲诗词等，再与自身的历史知识相结合，根据民众喜好和自己的理解，用诗的语言给予恰当评议和解读；还必须地顾及二、四句的韵脚，韵字的字义词性对这个事件、人物地表述是否准确，以求尽量达到通俗易懂、准确无误地表达出来。由于定义是必需"一韵到底"，重复用一个韵部字在所难免，但又要避免在相邻的语句中重复使用，更增加了不少难度。在创作中说食不甘味、夜不能寐绝非妄言。这样经过120多个日夜，先后调整充实修改150余次，才觉得基本满意。《中华谣》按朝代更迭顺序和历史典故表述及意境需要，分为14部分，一共是501行、2004句、10020字；里边提到的历史人物和小说人物340多人，涉300多典。一句一典，两句一典，四句一典，或者把握好"度"适当评论几句，全部按照用韵所需。

　　中华历史文化浩瀚如江河，璀璨如星斗，一直在不断地演化变迁中传播着，这个过程就是不断修正认知、求真求是、然后固化的过程。因为不断地有地下考古活动中发掘出的文物宝贝，在以竹简、帛书等文字和实物的形式修正、确证或者"否定之否定"地对存在的文化以重要的影响。比如对秦始皇"焚书坑儒"这件事的习惯认知是：秦始皇残暴，毁灭古籍。实则是那时政治环境是儒家很"霸道"，"罢黜百家，独尊儒术"引起"法家、道家、墨家"等学术、门派与之失和抵触。秦始皇是崇尚依法治国的。鉴于统治的需要，秦始皇便对儒家思想传播进行限制，确实焚毁了很多儒家典籍，但也未灭绝。对于《管子》《孙子兵法》《孙膑兵法》《六韬》《晏子》《老子》《周易》等典籍都比较完整地保留下来。证据就是1972—1973年挖掘出土的临沂银雀山两座汉墓和湖南马王堆汉墓大量竹简木片及帛书记载的珍贵文化遗产。那是一次中国历史文化、文物出土大丰收。依托传承下来的历史典籍、出土文物，修正认知、尊重历史，这是历史唯物史观的具体体现。基于此，我的《中华谣》中所阐述的，当然也不是板上钉钉、铁板一块，这是辩证唯物主义历史观的基本态度。

关于创作《中华谣》的初衷，除了以上所述，还谋求以更加简练地带有韵律感的五言诗形式呈现给读者，并没有想到有更好更大的影响，也是有意使自己进行一个别人没有做过地尝试，即专家说的"独辟蹊径"。但是专家、教授、学者们却给予了更加具体的阐释，把这个作品提到了一个本人始料未及的"高度"，并顺带把我创作的辛苦状态呈现出来，真得使我诚惶诚恐，感动汗颜了。

再回到出版集子从想法到确定的原点。集子之所以比较痛快地付梓，首先与两位师友地鼓励与帮助是分不开的。一是中国作协会员、诗人、散文家李志明老弟的首肯鼓励。当我将所有诗稿发给志明老弟争取意见时，他详细审阅了我的诗稿后，给予了首肯和及时指导，并帮助策划出版事宜；再是山东理工大学研究员、著名诗人、文化学者、文艺评论家吕鸿钧教授详细审阅了我的所有诗稿，并对一些篇首提出了修改意见，对我的《中华谣》更是给予很高的评价。他运用自己的渊博学识，对《中华谣》中不确定的事典和人物几乎逐句推敲查证，那种对他人的作品精益求精、臻于至善的学风、师德令我肃然起敬。当我恳请他写序言时，他欣然答应下来，然后抱病给写了本诗集的序言一。这两位老师对我的诗集出版给予了莫大的关心，增加了我的底气，增强了我出版的信心。

"花要叶扶，人要人帮"。赛场上一个优秀的选手，站在后面的人才是最强大的。以《中华谣》为主打作品的《元亨集》之所以顺利面世，还有的是我的周围围绕着一圈在文化、文学雁阵里带有光环的师友们。他们人格高尚、重情重义、甘为人梯。从吕鸿钧教授在给集子写序言的过程，他的严谨的行文风格和对所托极其负责的品行给我树立了永远值得汲取学习的榜样。他写的序言《丹心碧血写春秋》一文，先后修改七遍次之多，对于一个用到的诗典他都反复查对出处两次，一个标点的准确度也不放过。他说："好文章需要'磨'，好文章是'磨'出来的"！仅此一事我就受益匪浅。为此我也现学现用、活学活用了：在今春为第七届全国人大代表、山东省劳模、高青县原副县长老友孙立斌写一首诗时，本来写好了，也基本概括了他的艰苦创业历程和高尚的人格魅力，过了几天又觉得那首诗对于他的历史功绩"身长被短、头重脚轻"，又像一方薄纱，轻飘飘的。于是就用吕鸿钧教授的"磨"法，再次从诗的气势、人物事迹、品行、如何接地气等概括推敲，六易其稿，终于在最近一个凌晨"磨"出了"优品"。当时自己欣慰之下感悟了一首诗：今夜半宿三更衣，方得磨就半首诗。玉不雕琢不成器，辛苦甘饴我自知。

未正式出版的《中华谣》也到了江西九江，又辗转到了广东廉江，都是江氏关注宗谱、宗族文化的宗亲那里，他们有几位是诗词书法大家。我的意思是尽量地争取他们的看法，以博采众长或者为了更加在心里获得踏实，就是在技术问题上"泼泼冷水"也是好的。岂不知九江诗词家、书法家、年过"古稀"的宗长江信沐老先生，在对作品研读后又欣慰地转给了广东廉江岐岭江氏联谊会副会长江才章宗亲，他们读后觉得"非常了得"，就又转给了名誉会长、获得中共中央、国务院、中央军委颁发中华人民共和国成立70周年纪念章的全国先进工作者、全国优秀教师、历史学家江日亨老师那里。这位耄耋之龄的宗亲研读后给予很高评价，他对才章宗亲说"这种形式写五千年中华历史，从没见过"。然后欣然命笔，以《鸿篇史述〈中华谣〉》为题撰写了评论。为了多一点集思广益，《中华谣》也通过中国美协会员，画家郝元峰老师恳请到了他在山师大的朋友"汉语言文学"博士李汉举先生，李汉举老师看了《中华谣》后给予中肯地评价，从十分繁忙地工作中抽出时间，以《诗具史笔　史蕴诗心》为题给赶写了评论，令人感慨感动！县广电局局长、融媒体中心主任任鸣作为领导，对我的散文集出版前后直至这个诗集，一直都在关注着。他这样说："你是咱单位的老职工，你的创作成就对我们单位也是脸上有光的事。"任鸣主任那种"惺惺相惜"的真情从精神层面给了我过河卒子般的勇气；有句话叫气可鼓不可泄。曾荣获中共中央、国务院、中央军委颁发中华人民共和国成立70周年纪念章的杨恩文兄自散文集出版前后

后记

直至这个诗集出版，都在从各个方面悉心关注着，当起了我的"高参"；我的老领导、县委原统战部副部长杨山承兄政协副主席周清秀、国税局局长周胜军；县党史办主任张安宏、文旅局局长刘水、老中学校长高级教师江肇生、耿国海、《道德经》研学专家、学者型中学校长周守太、淄博市"六一八"战备电台老台长张波、现任台长白道海、中学历史高级教师杨圣成、县园林局局长宋以健、县发改局副局长陈奉义、作协主席郝树江、沂源广播电视台副台长贾兴宝、中国作协会员李清河等，他们都时刻关注着我的《中华谣》修改定稿情况，因为我在修改到七八十遍的时候，为了集思广益，争取意见，请他们提前读过。他们皆从精神层面"加油"助力，期待我"玉汝于成"。有几位更是从章节、成语、典故表述方面提出建议，更加令我不敢有半点疏忽懈怠了；文化名人张宝祥老师看到《中华谣》后以耄耋之龄的"不老"精神，用了三天两夜细致研读，对数句疏忽之处提出了质疑和修改意见，并赋诗助力；中国书协会员、"双硕士"王纪刚先生看到了《中华谣》后的第三天就发来了赠诗和书法作品；获得"华夏之星"荣誉称号及在全国各类书法大赛中获奖者刘鸿福老弟当得知我出版诗集时，倾情题诗以贺，并慨然题写了《元亨集》书名；获得"齐鲁之星"荣誉称号的中国书协会员刘安宗老弟则欣然命笔，将我的《元亨》诗写成书法作品以致贺。"众人拾柴"，火焰有点高！还有很多，恕我不能一一列举。

李白在《忆旧游寄谯郡元参军》诗中有"行来北凉岁

月深，感君贵义轻黄金"句（凉，可能是笔误，那时太原也叫北京），慨叹自己来到太原很久了，为朋友元演（谯郡参军）贵信义轻金钱深受感动（经常请他喝酒玩乐）。我更为我所有关注关心支持我的朋友们感动着。通过上次出版散文集《山肴野蔌》直至今天的诗集，我感觉我的周围就围绕着一个光圈。这些默默理解支持我的朋友们，无论在职的领导，还是退休的朋友们，对我的事情倾情投入，遥相呼应。文友们对于出版集子需要帮忙的事毫不打艮，概以赋诗、题字的形式为诗集"涂脂擦粉"甚或"拔苗助长"。我知道，那些都是师友们的"溢美、谬赞"，但我又不好拂了师友们的厚谊，所以，我只能将这些饱蘸情谊之墨的书法作品作为插页点缀，以壮"书色"；将赠诗放在集子的"附录"里了。所有这些，使我在感动汗颜的同时收获了师友们的融融春意，给我的精神世界注入了永不枯竭的"正能量"。感谢大家！要散布阳光到别人心里，先要自己心里有阳光。朋友们就是像阳光一样温暖啊！

"临渊羡鱼，不如归而结网。"以上所列诸位师友，无论在社会知识、素质涵养，还是文化、文学修养，都堪称我的良师益友，我常仰慕钦佩而自律以求自强，由此必须地继续戒骄戒躁，潜心学习，以求提升。其基本的方法，就是多多地汲取社会正能量，多读书、读好书，让优秀的历史文化与自己的知识结构进行融合和优化；"授人以鱼不如授人以渔"，师友们对我的这个集子的理解、关注关心助力，就是既授我以"鱼"、又授我以"渔"，使我在知识营养地汲取上得以源源不断，不会枯竭。

感谢和感慨万里长，情意款款、清溪潺潺，停不住笔了。最后只好以两首不同时间、不同心境但发自肺腑的即兴慨叹诗作为结尾吧：

复诸位师友谬赞溢美诗

诗出凡俗琐碎间，
亦诗亦话求怡然。
多为词语堆砌事，
少及旧韵格律关。
不避丑陋悉晒出，
却得雅士美容颜。
语难惊人还不休，
随性诌吟难流传。

庚子年初冬凌晨

花为谁开竞娇艳　月为谁圆共婵娟

——感诸师友慷慨为本集赋诗撰文题字

日出东方天下暖,
月挂中天共团圆。
一枝寞寞难独秀,
百花欣欣好欢颜。
呕心吐胆汇国史,
改朝换代说循环。
神州沃土栽桂树,
雅士甘露润枝繁。
吟诗难效李白杜,
凌绝顶上行路难。
撰文尤敬八大家,
述史唯拜司马迁。
心高不及建安骨,
梦里犹入桃花源。
相携流水曲觞里,
俯仰之间弄管弦。

庚子年季冬

赘述颇多,是为记。